この度、
神獣つき山暮らしはじめました。
～脱サラして移住した山は、神獣たちの住まう神域でした!?～
邑上主水
Illust. toi8

アキラ
脱サラをして、祖父から受け継いだ山で
スローライフを始める。
たくさんの神獣に懐かれながら、
のんびり山暮らしを満喫中。
アヒル(?)
いつの間にかアキラの家に
住み着いていたアヒル。
人間の言葉を理解していて、
その正体は…!?
白狼
庭に突如現れた神獣。
律儀な性格で、人間の言葉を話せる。
アキラの祖父とは
親交があったようで…。
CHARACTERS

リノア
異世界に住む、神獣に仕える巫女。
巫女としての
プライドを持っており、
子ども扱いされることを嫌っている。
しのぶ
隣山に住む
アパレルデザイナーのギャル。
大人の女性とはこうあるべきという
風潮に嫌気が差し、
山暮らしを始めた。

「……こ、これは可愛いっ！」
一匹ずつ、アクセサリーをつけていく。
ピンクリボンのモチ。青スカーフのポテ。
赤いバッグのテケテケ。

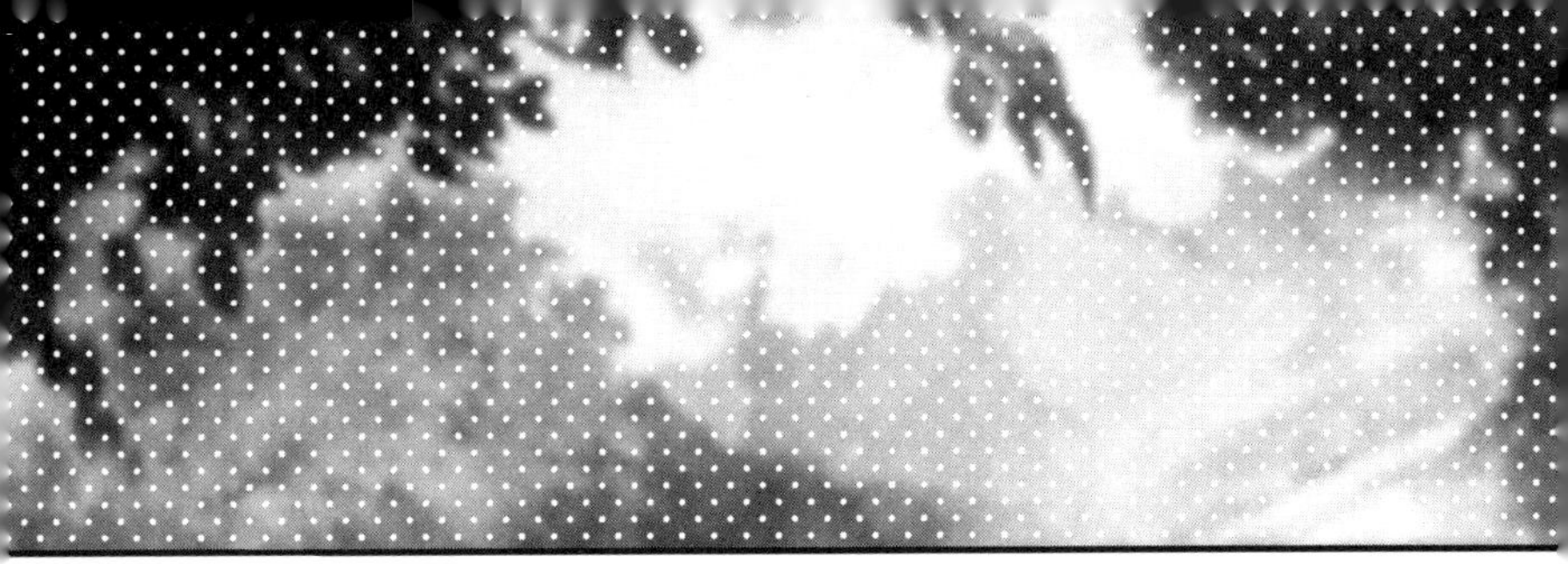

この度、神獣つき山暮らしはじめました。

～脱サラして移住した山は、神獣たちの住まう神域でした!?～

邑上主水

Illust. toi8

目次

第一章　奇妙な山暮らし、はじめました

この度、僕こと御神苗《おみなえ》アキラは、齢24にして田舎で山暮らしをはじめることになりました。

勤めていた会社を辞めたのはもちろん、住んでいたマンションも解約。

さらに家具も全部処分し、文字通りの身ひとつ状態になった。

いわゆる「脱サラ」ってやつだ。

まぁ、厳密に言えば脱サラじゃなくて隠居って表現が近いのかもしれないけど。

新しいことにチャレンジをするわけでもなく、上司の期待に応えるためにがむしゃらに働くわけでもない。

ただ、世間から離れて、ひとりのんびり生活をする。

え？　将来設計？

そんなもの、ないですけど？

「アキラくんはまだ若いし、なんとでもなるさ」

がたがたと山道を走る軽トラの中。

僕の無計画っぷりを聞いた運転席の勘吉《かんきち》さんが笑った。

「それに、療養するには良い環境だと思うし。今はのんびりすると良いよ」

第一章　奇妙な山暮らし、はじめました

「そうですね。勘吉さんには感謝してます」

「こちらこそ、移住してくれてありがとう」

勘吉さんの真っ白の歯が眩《まぶ》しい。

彼は母の弟……つまり、僕の叔父《おじ》にあたる人だ。

年齢は38歳だったっけ。

年齢より若く見えるのは、農家をやっているからかもしれない。

だってほら、サラリーマンをやるよりずっと健康そうじゃない？

そんな勘吉さんと向かっているのは、僕の新生活の場になる亡くなった祖父の家だ。

母方の祖父にあたる原三郎《げんさぶろう》おじいちゃんの訃報が届いたのは、ふた月ほど前だった。

突然のことで、僕を含め親戚中が驚いた。

なにせおじいちゃんは「ワシの血管年齢は20代なんじゃゃ」が口癖の、ちょっと元気すぎてウザ……健康が服を着て歩いているような人だったのだ。

多分、一番ビックリしてるのは本人じゃないかな？

なので生前整理なんてしておらず、親族が慌てて財産調査を行ったところ、この「御科岳《おしなだけ》」という山を所有しているのがわかった。

親戚はおろか、母も勘吉さんも知らなかったらしい。

結局、山は勘吉さんが継ぐことになったけど「家はどうする？」という話になり、母経由で

僕に「会社を辞めたなら、おじいちゃんの家に住まない？」と話が来たってわけだ。

本当に渡りに船だと思った。

仕事のストレスで体を壊して、しばらく実家に戻って療養しようと思ってたところだったからね。

だからその話にすぐに飛びつき、こうして身ひとつでやってきたんだけど……。

「着いたよ、アキラくん」

勘吉さんの自宅から、車で15分ほど。

到着したのは、山間にそっと佇《たたず》む平屋の古い日本家屋。

原三郎おじいちゃんの家だ。

いやぁ、懐かしいなぁ。

子供のころは、毎年お盆と正月に来てたっけ。

あの頃と全く変わってない。

「すぐに生活できるように父が使ってた家財道具はそのままにしてあるよ」

「ありがとうございます、勘吉さん」

本当に身ひとつで来ちゃったからすごく助かる。

車は敷地の外にある駐車場に停《と》め、庭の裏口を通って玄関に向かう。

広い庭には、大きな池と立派な松の木があった。

まるで時間が止まっているかのような、ゆったりとした空気が流れている。

うん、これも昔のまんまだ。

庭はぐるっと土塀に囲われていて、大きな納屋《なや》がひとつある。

確か耕運機とか農具を保管している納屋だったっけ？

土塀の向こうに畑があって、おじいちゃんが作業していたのを覚えている。

雨戸の内側には広い縁側（確か「くれ縁」って言うんだっけ？）があったはずだし、椅子やテーブルを置いてくつろげそうだよね。

ううむ、色々と妄想が膨らむなぁ。

玄関を開けて中へ。

おじいちゃんが亡くなってから誰も住んでいないはずなのに、ホコリっぽい感じはなかった。すごく綺麗《きれい》なままだ。

さらに、屋内はフローリング張り。

あれ？　前は板張りの古い感じだったよね？

「これ、リフォームしたんですか？」

「数年前にね。オール電化にしたとか言ってたっけ」

「ほぇ～……」

すでに電気も来てるみたい。

家具や電化製品もひと通り揃《そろ》ってるし、本当に今日から生活できそう。

ちょっと驚いたのは、デスクトップパソコンと、ＡＩ音声認識のスマートスピーカーがあったことだ。

ほら、声で電気とかエアコンとか色々操作できるやつ。

スマートスピーカーがあるってことは、インターネットにも繋《つな》がってるってことだよね？

おじいちゃんってば、意外とＩＴに強かったんだなぁ……。

キッチンには大きなシンクに冷蔵庫。

オーブンレンジまである。

そのどれもが、新品みたいにピカピカだ。

「電化製品は最近買ったんですか？」

「どうだろう。前に来たときからあった気がするけど」

勘吉さんが言うには、半年前からあったのだそう。

家や庭も以前の雰囲気のままだし、物を大事に使ってたんだな。

お風呂場もレトロでおしゃれな雰囲気。

トイレはもちろんウォシュレット。

至れり尽くせりすぎる。

ぐるっと家を回って、庭が一望できる縁側に来た。

雨戸を戸袋に入れていた勘吉さんが声をかけてくる。

「どう、アキラくん？　大丈夫そう？」

「かなり良い感じですね。快適な生活ができそうです」

「そりゃ良かった……っと」

雨戸が引っかかったのか、ガシガシと力技で戸袋に入れる。

家の中は最新鋭だけど、そういう部分はやっぱり古い日本家屋って感じだな。

「この家は自由に使って良いから。名義をアキラくんにしようかって話もあったんだけど、手続きとか税金とか色々と面倒だから僕のままにしてる」

「そうなんですね。ありがとうございます」

詳しくないけど、固定資産税とか結構取られそうだもんね……。

貯蓄があるとはいえ無職になっちゃったわけだし、かなりありがたい。

「あと、山も自由に入って良いし、駐車場に父が使ってた軽トラがあるから、それも自由に使って良いよ」

「……うぇっ!?　車もあるんですか!?」

「うん。そっちの名義はアキラくんにしてるから。はいこれ。車の鍵」

「あ、ありがとうございます」

「あと、この家の管理費用という名目で毎月キミの口座にお金を入れるから。金額はあまり期待しないで欲しいけど」

「お、お金まで⁉」

流石《さすが》にちょっと怖くなってしまった。

だって、ここでのんびり生活してるだけでお金が入ってくるわけでしょ？

至れり尽くせり、ここに極まれりだよ。

「あ、あの、そこまでしてくれるのなら、いっそ勘吉さんがここに住んじゃえば良いんじゃないですか？」

「……あ、そっか」

「僕？　いやいや、無理だよ。畑を離れるわけにはいかないしさ」

勘吉さんは麓の町で農家をしている。

近いとはいえ車で15分くらいかかるし、農家をやりながらは難しいか。

「それに、この山ってちょっと不気味だし……」

「え？　なんですか？」

「い、いや、なんでもない」

あはは、と笑う勘吉さん。

「とにかく、よろしく頼むよ。なにか困ったことがあったらいつでもウチに来て良いし……あ、そうだ。連絡先を交換しておこうか」

「助かります」

色々とわからないことだらけだからね。

というわけで、電話番号と、「ＬＩＮＫＳ」というグループチャットや音声通話ができるアプリのＩＤを交換する。

勘吉さんのＬＩＮＫＳアイコンは小さな女の子の写真だった。

娘さんのはるかちゃんだ。

ニコニコ笑ってて、すごく可愛《かわい》い。

最後にもう一度勘吉さんにお礼を言って、駐車場まで見送りに行く。

裏口の扉を閉めて、ふうと一息。

しかし、すごく良い天気だな。

まだ夏まで遠いけど、カンカン照りでちょっと暑いくらいだ。

こういう日の外回り営業って最悪だったよなぁ……。

体力がガンガン奪われちゃうし、ただでさえ多いストレスが倍増してたっけ。

ああ、やだやだ。

せっかく良い気持ちなのに、なんで嫌なことを思い出すかなぁ。

負のエネルギーをかき消すために、大きく伸びをして太陽光を全身で吸収っ！

「……さて、と」

これからどうするか。

このままのんびりしても良いけど、日が暮れる前にできることはやっておきたいよね。

「とりあえずは、掃除かな?」

おじいちゃんのおかげでパッと見はピカピカだけど、隅とかは流石にホコリとか溜《た》まってそうだし。

家って人が住んでないと、すぐホコリまみれになっちゃうからなぁ。

というわけで、押入れに入っていた掃除機をざっとかけて、水拭きをする。

部屋数が多いので、掃除を終えるころには夕方になっていた。

今日の夕食は、途中で買ってきたコンビニ弁当。

料理とか色々とやりたいことはあるけど、それは明日からだね。

＊＊＊

山暮らし2日目。

カーテンの向こうから差し込んでくる眩しい日差しに起こされた。

現在時刻、朝の8時。

目覚ましはかけなかったけど、ちゃんと起きれるもんだね。

縁側に隣接している和室に布団があったので、それを使わせてもらった。

ちょっと不思議だったのは、２ヶ月間押入れにしまったままだったはずなのに、フカフカだったこと。

勘吉さんが干してくれてたのかな？

おかげで、超久しぶりに熟睡できた。

「ん～、二度寝しても大丈夫って最高すぎ……」

バフッともう一回布団に倒れ込み、思わずニンマリ。

というか、一晩寝ただけでもう「我が家」って雰囲気になっちゃった。

昔からそうなんだよね。

すぐ馴染《なじ》んじゃうっていうか。

場所だけじゃなくて、人にも影響されまくる。

例えば、社員に関西人がいるとエセ関西弁を喋《しゃべ》りはじめちゃうし、付き合ってた彼女に影響されて、好きな食べ物や音楽まで変わったりする。

そのせいで痛い目を見ることも多かった。

その最たるものが仕事だ。

会社の上司から「人の懐に飛び込むのが得意」だと勘違いされ、いきなり営業部に転属になった。

人付き合いは大の苦手だったのに……。

それでストレスを溜めて体を壊しちゃったわけだけど――まぁ、そんな話はどうでも良いよね。

「……しっかし、今日も良い天気だなぁ」

縁側のカーテンを開けると、雲ひとつない青空がお出迎え。

天気が良いと気分も晴れる。

さて、今日はなにをしよう？

掃除は昨日終わらせちゃったしなぁ。

なにをしても良いって言われても、自由すぎて逆に困っちゃう。

「あ、そうだ。あのノートを読んでみようかな」

昨日、書斎で奇妙なノートを見つけたんだよね。

パッと見は良くある普通の大学ノートなんだけど、達筆な文字で「困ったときのスローライフマニュアル」って書かれてた。

早速、書斎から持ってくる。

「これ、おじいちゃんが書いたノートだよね？」

縁側に腰を下ろし、中を拝見。

イラスト付きで色々なことが書かれていた。

付近でとれる山菜のことや、山菜を使った料理レシピ。
畑で作物をうまく育てる方法。
それに、石窯の作り方などなど――。
「これって、山暮らしをする上で大切な知識や知恵とかのメモかな？」
おじいちゃんの長年の蓄積……まさにスローライフマニュアルだ。
というか、すごい情報量だな。
これなら山暮らし初心者の僕でもなんとかなりそう。
「助かるよ、おじいちゃん」
ノートを閉じて、天国にいるおじいちゃんに向けて柏手《かしわで》を打つ。
ありがたや、ありがたや。
なんてやってたら、お腹《なか》がグゥと鳴った。
とりあえず、食材でも買ってこようかな？
麓の町に大きなスーパーがあるって勘吉さんに教えてもらったし。
車で行けばすぐの距離だ。
「……ん？」
と、庭を経由して軽トラが停めてある裏の駐車場に行こうとしたときだ。
広い庭の一角――。

駐車場に続いている裏口が、なぜか開いていた。

あれ？　昨日は閉まってたよね？

うん、勘吉さんを見送ったときにちゃんと閉めた記憶がある。

「山に住んでる動物のいたずら……とか？」

ふと、家の裏に広がる山を見る。

庭の壁の向こうには畑もあるし、ひょっとすると食べ物を探しに来たのかもしれないな。

そういえばじいちゃんのスローライフマニュアルに、山に住む動物のことも書かれてあったっけ。

タヌキにシカ。

サル、ウサギ、リス。

イノシシにクマみたいな危険な動物もいるっぽい。

「……クマ」

な、なんだか怖くなってきたな。

一応、勘吉さんに害獣対策を聞いとこうかな……？

＊＊＊

山暮らし3日目。

奇妙なことが起きるなぁとは思ったけれど、流石に頻繁に起きすぎじゃないかと思いはじめた。

庭の裏口が開いてる……は、まぁ良いとして、納屋に入れてある農具がひっくり返ってたり、夜中に雨戸を叩《たた》く音が聞こえるし。

なにかを探しているような雰囲気もあるし、本当にクマが来ているのかもしれない。

お腹を空かせて人里に降りてきてるとか。

まぁ、ここは人里じゃないけど。

一番近い家でも車で10分はかかるし。

だけど、被害が出てからじゃ遅いし、やっぱり勘吉さんに相談してみよう。

そう思って、スマホ片手に縁側へと向かう。

家の中だと電波が届かない場所があるんだよね。

無線LANが飛んでるわけだし、電話じゃなくてLINKSで連絡しろって話なんだけど。

よいしょと縁側に座る。

ぽかぽかとした暖かい陽気に、ついまったり。

呑気《のんき》に「ああ、今日も良い天気だなぁ～」なんて思ったときだ。

納屋のほうからアヒルが3羽連なって、ヨチヨチと眼の前を横切っていった。

……ええっと。

もう一回、言うね？

ヨチヨチと3羽の見知らぬアヒルちゃんが歩いてきました！

「……あれってアヒル、だよな？」

錯覚かと思って何度か目をゴシゴシしてみたけど、どっからどう見てもアヒルちゃん。

真っ白の毛並みに、つぶらな瞳。

ペットとして人気があるとかなんとか聞いたことがある。

お行儀よく3羽並び、お尻をフリフリしながら歩いてきたアヒルちゃんたちは、庭の一角にある大きな池にポチャンと飛び込んだ。

そして、すい～っと泳ぎながら、毛づくろい。

僕のことなんて全く気にしていない様子。

やけに人に慣れてる感じだけど、以前から住んでるのかな？

それとも、この山に住んでる野良アヒル？

でも、スローライフマニュアルにはそんなこと書いてなかったしなぁ。

パチャパチャと水浴びを終えたアヒルちゃんたちは、ヨイショと池からあがり、ポテポテとこっちに歩いてきた。

「……わ」

流石にちょっとだけうろたえてしまった。

「な、なに？　僕になにか用事でも？」

「くわっ！」

先頭を歩いていたアヒルちゃんが元気よく鳴く。

それに続いて、

「わわっ」

「わっ、わっ」

と、他の2羽もちょっと控えめに声をあげる。

な、なんだろう。

一体なにを求めてるんだ？

お前は誰だ……って尋ねてるのかな？

う～ん、どっちかというと、僕が聞きたいんだけどな？

「ぐわっ」

「え？」

「メシ、くわっくわっ」

「……っ⁉」

ちょっと待って？

今「メシ」って言わなかった？

言ったよね絶対？

「ええっと、ご飯食べたいの？」

「ぐわっ！」

「……」

なんて言ってるのか良くわからん。

そうだって言ってるような気もしなくもない。

仕方ない、なにか食べるものをあげよう。

おじいちゃんが飼ってたペットかもしれないしね。

というか、納屋が荒らされてたのって、この子たちの仕業？

「でも、アヒルってなにをあげたら良いんだろう？」

全然わからない。

ペットなんて飼ったことないし。

勘吉さんに聞いてみる……のはちょっと違うよね。

う～ん、困ったなぁ。

「あ。困ったときのスローライフマニュアル……」

僕の脳裏に浮かんだのは、おじいちゃんが残してくれたアレ。

けど、アヒルの餌についてなんて書いてるのかなぁ？

とりあえず、書斎に向かうか。

ノートを取って縁側に戻ってきたら、３羽のアヒルちゃんたちはちょこんと座って待っていた。

お行儀良いなぁ。体がお餅みたいで可愛い。

「ええっと、アヒルの餌……うわ、ちゃんと書いてるよ」

ちょっとびっくりした。

アヒルちゃんたちのことは書いてなかったのに、餌については書かれてた。

てことは、やっぱりおじいちゃんのペットだったのかも？

ざっとひと通り読んでみたけれど、餌は水鳥用のペレットで十分らしい。

でも、ペレットってなんだろう？

――って思ったら注意書きで、「粉末状の餌を小さく固めたもの」と書いてあった。流石おじいちゃん。さすおじである。

ペレットにはアヒルに必要な栄養素がバランス良く含まれているんだけど、これだけに頼らないのもポイントなんだとか。

赤ペンで「野菜や果物を入れること」って書いてあるから、かなり大事なんだろうな。

けど、今すぐペレットなんて用意できるわけがなく。

「……ん～、昨日作ったサラダでも良いかな？」

昨日行った麓の町のスーパーで、一週間分の食材とか飲み物を買ってきたんだよね。

ちなみに作ったのは、ミートスパゲッティとチョップドサラダ。

チョップドサラダっていうのは、小さく刻んだ野菜を色々入れたカラフルなサラダのこと。

僕の中で定番料理って言ったらコレ！

まぁ、前に付き合ってた彼女に影響されただけなんだけど……。

調子に乗って沢山作っちゃったら、冷蔵庫に沢山残ってる。

小さく刻んであるからむしろ食べやすいし問題ないよね。

というわけで。

アヒルちゃんたちにはちょっと待ってもらって、キッチンへ。

冷蔵庫の中からボールに入ったサラダを出して、小皿に取り分ける。

きっちり3羽分。

ひとつだけだと喧嘩《けんか》になっちゃうかもしれないし。

再度、庭に戻る。

アヒルちゃんたち、大人しく待っていてくれた。

可愛いなぁ。

「さぁ、どうぞ」

「くわっ」

「くわっ」

「ぐわっ！」

サラダを前に、いただきますと言いたげに鳴くアヒルちゃんたち。

可愛いだけじゃなくて、超賢い！

――なんて思ってたけど、食べ方はすごく野性味溢《あふ》れる感じだった。

ガツガツ、ムシャムシャ、チャムチャム。

勢いよくついばみまくって、野菜くずをそこらへんに散らかしまくる。

もっと落ち着いて食べれば良いのに。

だけど、ちらかした野菜の破片も綺麗に平らげちゃった。

3羽とも食べ終えると「くわっ」とひと鳴き。

だいぶ満足したみたいだし、住処《すみか》に帰るのかな……と思った矢先、ひょいっと縁側に上がってきた。

「……え？」

アヒルちゃんたちは、困惑する僕の足元を通って和室に入り、ズンズンと歩いていく。

そして、リビングにあるソファーの上に、ひょいっ。

「……」

困惑に続いて、唖然《あぜん》としてしまった。

ソファーの上に、ででんと鎮座する3つのお餅……じゃなくて、3羽のアヒルちゃんたち。

「ど、どど、どゆこと？　まさかここに住むつもりなの？」

「くわっ」

「えええっ⁉」

なんか肯定されたような気がする！

だってほら、すでにコクリコクリと船を漕《こ》いでる子もいるし……。

というか、ちょっと人懐っこすぎやしませんかね？

やっぱりおじいちゃんのペットだった説、濃厚？

＊＊＊

山暮らし4日目。

早朝に荷物が届いた。

ネットショッピングサイト「Ｍａｍａｚｏｎ」で買った水鳥用のペレットだ。

家畜用じゃない、ペット用のペレット4キロを5袋取り寄せた。

家畜用はカロリー過多らしく、デブっちゃうとスローライフマニュアルに書いてあったんだよね。

まぁ、デブっちゃったアヒルちゃんも可愛いとは思うけど。

今回はＭａｍａｚｏｎで取り寄せたんだけど、次からは近くのホームセンターで買うつもり。

だってほら、送料もばかにならないでしょ？

てなわけで、同居することになった３羽のアヒルちゃんに早速朝ご飯をあげようかと思ったんだけど――。

「すぴ～っ……すぴ～っ」

３羽のアヒルちゃん、リビングのソファーの上で丸くなって爆睡中。

このソファーの上がお気に入りらしく（というか、元々そこが定位置だったのかも？）、３羽揃って丸くなってる。

見た目は完全に大福餅。

だけど、撫《な》でてみたら背中はツルツルしてて、胸の部分はふわふわだった。

嫌がる様子もなく、むしろ「もっと撫でて」と尻尾をフリフリしていたので、結構気持ち良かったのかもしれない。

羽の中に手を突っ込んだら、めちゃくちゃ突っつかれたけど。

調べたところ、そこはアヒルちゃんの「神域」で、気を許した相手じゃないと撫でさせてくれないのだとか。残念。

もう少し仲良くなったら許してくれるのかな～なんて淡い期待を抱きつつ、爆睡中のアヒルちゃんを横目にキッチンへと向かう。

今日は特に予定はないのでダラダラと惰眠を貪っても良いんだけど、その前に腹ごしらえだ。

アヒルちゃんもそのうち起きるだろうし、準備だけしておこう。

オーブン型のトースターで僕の朝食用のパンを焼いている間に、アヒルちゃん用のお皿に届いたばかりのペレットを入れて、野菜を混ぜる。

キャベツ、コマツナ、ニンジン、トマトなんかを適当に。

「……てか、僕のご飯より豪華になってない？」

この家の主人は、人間からアヒルちゃんになったのかもしれない……。

だけど、なぜか悪い気はしない。

だってほら、可愛いんだもん。

推しに貢《みつ》ぐってこんな感じなのかな？

アヒルちゃんたちの朝ご飯を持って、リビングに戻る。

目を覚ましたアヒルちゃんたちが、なにやらリビングを物色中だった。

アヒルちゃんって探しものが好きみたいで、脱いだ服とかタオルの下にくちばしを突っ込んでガサガサ漁《あさ》るんだよね。

「おはよう」

「ぐわっ」

声をかけると返事をしてくれるのも可愛い。

撫でたい欲求に駆られて背中にそっと触れたけど、嫌がる様子はない。

頭をナデナデ。

ふわふわしてて気持ちいい。

うん、やっぱり可愛いなぁ。

「お前らって、本当に人懐っこいよな。おじいちゃんのペットだったの？」

「くわっ！」

「いてっ！」

な、なんで突っつくの⁉

違うってこと⁉

それともやっぱり触るなってことなのかな⁉

うう、少しだけ心が通じ合えたと思ってたのに……。

なんてショックを受けてる僕をよそに、アヒルちゃんたちはあっという間に朝ご飯を平らげた。

すごい食欲だ。

これじゃあすぐにホームセンターにペレットを買いに行くハメになるかもしれない。

「……一度、ホームセンターに行っておくか」

餌がなくなったけど、ホームセンターの場所がわからないんです～とか言ってたら、また突っつかれそうだもん。

というわけで、いざホームセンターに行こうと駐車場へと向かったら、アヒルちゃんたちが僕のあとを着いてきた。

「……え？　なに？」

もっと餌が欲しいのかな？

でも、やりすぎは良くないってマニュアルに書いてたし。

「ぐわっ」

「……え？」

「わっ！　くわわっ！」

「わっ、わっ」

3羽のアヒルちゃんが、軽トラのほうにくちばしを向ける。

「もしかして、一緒に行くってこと？」

「くわっ」

「くわ！」

「ぐわ～っ‼」

同時に頷《うなず》くアヒルちゃんズ。

すごい。人間の言葉を理解できるなんて賢すぎる。

この子たちって、やっぱりペットとして育てられたアヒルちゃんで――。

「……いやいや、待って？　冷静に考えておかしいよね？」

つい場の空気に流されかけちゃったけど、ありえないでしょ。

いくら賢いって言っても、アヒルちゃんだよ？

人間の言葉を理解できるわけないし。

「だけど、理解してるっぽいしなぁ？　僕の言葉、わかってるよね？」

「くわっ」

ほら。

ウンウンって頷いてる。

え？　もしかしてアヒルって、犬猫より頭が良いの？

「……ま、良いか。じゃあ行こっか」

「くわっ」

助手席のドアを開けると、アヒルちゃんたちが順番にぴょんと飛び乗ってきた。シートベルトは……流石に自分ではやらないみたい。

そりゃそうだ。

暴れると危険なので僕が3羽まとめてシートベルトを締めたんだけど、嫌がらず大人しくしていた。

シートベルトに拘束された、3つの大福餅――じゃなくてアヒルちゃん。

な、なんて破壊的な可愛さだ！

思わず写真を撮っちゃったよね。

いずれ僕のスマホがアヒルちゃんの写真だらけになりそうな予感がする……。

＊＊＊

山暮らし7日目。

あっという間に一週間が経《た》った。

なにをするわけでもなく、のんびりしてるだけなのに一日のスピードが異様に速い気がする。

一昨日はホームセンターに行き、アヒルちゃん用のペレットを買ってきた。家に帰ってきて早速あげたら、うまそうに食べていた。

昨日は縁側でコーヒーを飲みながら、まったり読書。

本は全部電子書籍でスマホに入れてるから楽ちんなんだよね。

とはいえ、サラリーマンをやっていたときは読書なんてやる暇も気力もなかったから、電子積本してたんだけど。

一日かけて5冊くらい読んで、お腹が空いたら簡単な料理を作って食べて、お風呂に入って寝る。

う～ん、なんて贅沢《ぜいたく》な時間の使い方だろう。

とはいえ、ぐーたらしてばかりもいられないので、今日は庭の掃除をやる予定だ。庭は結構広いし、良い運動になるよね。

「……運動といえば、畑もやりたいな」

壁の向こうには、そこそこの広さの畑があるし。

元々おじいちゃんがやっていた畑なので、そこを引き継げばいくらか楽にはじめることができそう。

ちなみに、おじいちゃんのスローライフマニュアルには、野菜の育て方も詳細に書かれていた。

特に土の作り方はひときわ丁寧に書かれていて、3月くらいに耕運機を入れて肥料を土に混ぜる必要があるみたい。

今は4月なのでしばらくは大丈夫だけど、耕運機を使うときは勘吉さんに相談してみよう。

「しかし、綺麗な庭だよなぁ」

納屋から持ってきたホウキを片手に、しみじみ思う。

ここに来て一週間も経ってるのに、雑草ひとつ生えていないし。

実家の庭はすぐに雑草ジャングルになってたのに、不思議だよね。

おじいちゃんが除草剤でも撒《ま》いてたのかな？

「……お？」

ひょこひょこと、縁側に3羽のアヒルちゃんがやってきた。

ぴょんと庭に降りて、そのまま池に直行。

パチャパチャと体を洗いはじめる。

朝ご飯のあとは、こうやって水浴びするのがいつものパターンなんだよね。

あの池の水っていつ見ても綺麗なんだけど、どうなってるんだろ？

山から水を引いてるのかな？

アヒルちゃんたちは、水浴びしたあと縁側に置いてるタオルでちゃんと足を拭いてくれる。

本当に賢いやつらだ。

そんなアヒルちゃんだけど、この数日で3羽の違いが少しだけわかってきた気がする。

なんていうか、性格の違いっていうのかな？

3羽とも同じ「アヒルちゃん」呼びはなんだか可哀想《かわいそう》だし、名前をつけてあげようかな。

「ぐっ、ぐっ、ぐっ」

早速、1羽のアヒルちゃんがやってくる。

体が一番小さいメスのアヒルちゃん。

メスかどうかは尻尾を見るとわかるとネットに書いてあった。

この子は一番優しい性格で、いつも僕のそばにいる可愛いやつ。

「よし、お前は『モチ』だな」

だって一番もっちりしてるし。

安直だけど。

「どう？　気に入ったかい？」

「くわっ！」

なんだか「気に入った！」と言ってるような気がする。

お尻をふりふりしてるもん。

うふふ、可愛いなぁ。

モチに続いてやってきたのは、２番目に体が大きいメスのアヒルちゃん。

「ん～……お前は、『ポテ』でどう？」

「ぐわ～っ！」

こちらも気に入ってくれた……と思う。

この子は引っ込み思案で警戒心が強く、餌のときも一番遅れて恐る恐るポテポテと近づいてくるんだよね。

最後にやってきたのは、一番体が大きいオスのアヒルちゃん。

「お前は『テケテケ』だな」

「ぐわわっ！」

元気よくバタバタと羽を羽ばたかせる。

うんうん、そうかそうか。気に入ってくれたか。

こいつは一番好奇心が旺盛で、とりあえずなんでもくちばしで突っつく性格なんだよね。

餌のときにテケテケッと元気よくダッシュしてくるので、そう命名した。

ちなみに、一番突っついてくるのもこいつ。

ちょっと痛いけど、可愛いから許す。

「これからもよろしくね。モチ、ポテ、テケテケ？」

「わっ」

「くわっ！」

「ぐわわ〜っ！」

順番通りに返事をするアヒルちゃんたち。

す、すごい。

一回教えただけで名前を覚えるなんて、僕より頭が良いんじゃない？

アヒルってトイレの躾《しつけ》ができないってネットに書かれてたけど、この子たちってちゃんと教えたところでウンチをするんだよね。

人の言葉も理解してるみたいだし……。

「もしかしてお前らって、アヒルじゃない別の生き物とか？」

「ぐえっ！」

「ぐわっ！」

「ぐわわぁっ！」

「……」

こ、肯定なのか否定なのかさっぱりわからん。

アヒルちゃんたちが、いそいそと家の中に入っていく。

水浴びを終えたあとはソファーでのんびりタイムなのもお決まりなのだ。

庭掃除を手伝ってくれても良いんじゃないかなと思わなくもない。

「……まぁ、流石にそれは求めすぎだよね」

というわけで、さみしくひとりで庭掃除をはじめる。

山から飛んできた落ち葉を集めてゴミ袋に。

庭には松の木しかないから大した量にはならないだろうって思ってたけど、あっという間に45リットルサイズのゴミ袋がいっぱいになっちゃった。

周りは山だし、結構飛んできてるんだな。

落ち葉集めが終わったのは正午を回ったくらいだった。

良い感じで体を動かしたから、お腹も空いてきた。

「よし、お昼ご飯の準備をしよう」

掃除道具を片付けてキッチンに行くと、カチャカチャと音を立てながらアヒルちゃんたちがやってきた。

各々《おのおの》、お皿を咥《くわ》えている。

「くわ」

「……」

なるほど。

お昼ご飯を催促しているらしい。

実に賢い。

だけどキミたち、残念ながらご飯を作るのはこれからだ。

「ゴメンな。今からお昼ご飯を作るから、少し待っててくれ」

「……ぐ～っ」

少しだけ残念そうな声で鳴いたあと、３羽で集まって「くわっ」とか「ぐえっ」とか会議をはじめる。

そして、しばしの話し合いを終え、庭へと出ていく。

一体なにをするつもりなんだろう？

ちょっと気になってそっと縁側を覗《のぞ》きに行くと、モチがバタバタと羽を羽ばたかせながら空中でなにかをキャッチしていた。

「……え？　もしかして、虫を捕ってるのか？」

アヒルは虫も食べるってスローライフマニュアルに書いてあったけど、上手に捕食するんだな～。

なんて感心してたら、テケテケが家の壁に向かってダッシュし、壁をスタタッと忍者みたいに走って跳躍した。

視界からスッと消え、数秒後にボテッと落ちてくる。

その口にはでっかい昆虫。

どうやらカナブンを捕まえたっぽい。

「……」

唖然。

ええっと……上手《うま》く捕食するなんてレベルの話じゃなくない？

あれ？　アヒルって空を飛べたんだっけ？

飛べたとしても家の壁を走るとか無理だよね？

一体どうなってんだ？

「……くわ？」

「あっ」

モチとばっちり目が合ってしまった。

その目からは「見たな……」みたいな雰囲気を感じなくもない。

き、気まずい。

「あ〜、いや、盗み見したみたいでゴメンな？　だけど、モチたちって本当にアヒルなの？」

「ぐわっ！」

はい、良い返事。

意思疎通できてるみたいですごく嬉《うれ》しい。

……だけど肯定されたのか否定されたのか、全くわからんです。

＊＊＊

山暮らし14日目。

いつものように朝は8時に起床。

布団を片付けてキッチンへ向かい、電気ポットのスイッチを入れる。

湯を沸かしている間、縁側に出て陽《ひ》の光を全身で浴びる。

「う～ん、相変わらず今日も良い天気だなぁ」

空には雲ひとつない。

ここで暮らしはじめて2週間だけど、まだ雨が降ったことはない。

日頃の行いが良いおかげかな？

まぁ、毎日のんびりしかしてないけど。

縁側でストレッチしていると、トットットッと床板を歩く音が近づいてきた。

モチだ。

「おはよう、モチ」

「くわ……あふ」

眠そうに大きなあくびをするモチちゃん。

さみしがりやのモチは、いつも朝一番に僕のところに来るんだよね。

優しく頭を撫でてあげる。

うりうり、可愛いやつめ。

お次は胸のモフモフに指をぶっ刺してナデナデ。

柔らかすぎて気持ちいい。

そろそろ翼の下を撫でても怒らないかな……と思って指を入れようとしたら突っつかれてしまった。

まだその領域までは行けていないらしい。

実に残念である。

「……ん？　誰か来た？」

早朝のモチタイムを堪能していると呼び鈴が鳴った。

玄関に出てみると、勘吉さんの姿があった。

「おはよう、アキラくん」

「勘吉さん？　どうしたんです？」

「これをあげようと思ってさ」

勘吉さんが差し出してきたのは、段ボールに入った沢山の野菜だった。

「ど、どうしたんですかこれ？」

「ウチで採れた野菜なんだけど、規格外で市場に出せないやつなんだよね。良かったら食べてよ」

「え、本当ですか⁉　嬉しい！」

規格外とは、形が悪かったり、大きさが基準値に達していないために農協が買い取ってくれないもののことを指す。

形は悪くても味は変わらないんだけどね。

無人の野菜販売所で売られているやつって言えばわかりやすいかな？

そろそろ食材を買いにスーパーに行かないとなぁ……って億劫《おっくう》に思ってたところだから、すごい助かる。

「あれ？　アヒル？」

勘吉さんが、僕の足元にくっついてるモチに気づいた。

「アヒルなんて飼ってたっけ？」

「少し前から住み着いてるんですよ。全部で3羽いるんですけど、多分、おじいちゃんが飼ってたんだと思います」

「父さんが？　初耳だな……」

え？　そうなの？

勘吉さんが知らないってことは、野良アヒル？

だけど、妙に人懐っこいしな……。

勘吉さんは、僕のそばを離れないモチをしげしげと見ながら続ける。

「しかし、すごく懐いてるね」

「そうなんです。しかもこいつら賢いんですよ。トイレの躾とかしてないのに、ちゃんと決められた場所でやりますし」

「へぇ、そうなんだ。アヒルって躾ができないっていうよね？　なのに偉いなぁ」

ニッコリと微笑《ほほえ》む勘吉さん。

一方のモチは「誰だこいつ」と言いたげに、僕の足の後ろからチラチラと見ている。

「ひとりで山暮らしはさみしいこともあるだろうから、丁度良いかもね」

「ですね。４月とはいえ夜はまだ寒いときがありますし」

「それは良い……って、待って？　もしかして一緒に寝てるの？」

「はい」

一緒に寝てくれるのはモチくらいだけど。

天然の羽毛だし、ふかふかであったかいんだよね〜。

「そっかぁ、添い寝してくれるアヒルかぁ……ウチにも是非来て欲しいな。天然の羽毛は魅力的だ」

「ぐわわっ⁉」

モチ氏、なにかを察知したらしい。

僕の足の周りを走り回ったあと、家の奥へと消えていった。

「……僕の言葉、わかったのかな？」

「かもしれません」

「あはは、本当に賢いなぁ」

呆《あき》れ笑いの勘吉さん。

モチって僕たちの会話、絶対理解してるよね……。

「しかし、立派な野菜ですね」

段ボールにぎっしりと詰まってる野菜を眺める。

キャベツ、セロリ、そら豆、カリフラワー。

この細長いのはネギ……にしては小さいな。なんだろう？

「勘吉さん、これってなんですか？」

「それはエシャレットだね」

「エシャ？」

「エシャレット。若いうちに収穫したラッキョウのことだよ」

「へぇ、どうやって食べるんですか？」

「天ぷらにしても美味《おい》しいけど、そのまま味噌《みそ》を付けて食べても美味しいよ」

おお、生でイケるのか。

それは美味しそうだ。

あとでちょっと試してみよっと。

「本当にありがとうございます。軽トラといい、もらってばかりですみません……」

「気にしないで。姉さんからアキラくんのこと、お願いされてるしさ」

姉さん……って、母のことか。

そういや会社を辞めるって実家に連絡したとき、なにも聞かずに賛成してくれたっけ。

てっきり「もう少し頑張ってみたら」とか、「辞めてどうするの」なんて言われると思ったけど。

母は僕の性格を熟知してる。

だから、場の空気に流されまくった結果、ストレスで体を壊しちゃったってわかったのかもしれないな。

まぁ、ここに来てすこぶる調子が良いし、畑をはじめたら元気モリモリになっちゃうかもしれないけど。

「……あ、そうだ」

畑で思いついた。

「今度、勘吉さんの畑を手伝いますよ」

「え？　畑？」

「はい。色々とお世話になってるお礼っていうか。こう見えて、体を動かすのは得意なので」

「それは助かるな。丁度来月くらいにジャガイモの収穫があるんだよ。人手が足りなくて困ってたんだ」

「丁度良いですね。じゃあ、行きますよ」

そのとき、リビングのほうから3回「くわっ」と鳴き声がした。

どうやらモチたちが聞き耳を立てていたらしい。

「もしかしてアヒルちゃんたちも手伝ってくれるのかな？」

「かもしれません。あいつら、買い物にもついてくるくらい外の世界が好きみたいなので」

「あはは、アヒルちゃんたちも来てくれるなら大助かりだなぁ」

嬉しそうに目尻にシワを寄せる勘吉さん。

一緒に来るって言っても、邪魔しかしないだろうけど。

でも、アヒルちゃんたちがいると場が和むし、癒やし効果は期待できるかな？

というわけで、お手伝いの詳細は後日連絡するということになり、勘吉さんは帰っていった。

「よし、とりあえずエシャレットを食べてみるか」

ずっと気になってたんだよね。

段ボールをキッチンに運んでから、早速いただいてみることに。

「味噌を付けてそのままいけるって言ってたよね……？」

球根の白い部分に味噌を少しだけ付けて、パクッと。

「……あ、美味しい」

シャキシャキした食感と、ピリッとした辛みがある。

そこに味噌の濃厚な旨味《うまみ》が良く合う。

やばい。これ、止まらなくなるやつだ。

ひとりでシャクシャク食べてると、モチたちがやってきた。

もしかして、食べてる音を聞きつけて来たの？

「……お前らも食べる？」

「「「くわっ」」」

綺麗にハモる。

当たり前だろって言われた気がする。

味噌を付けて皿に載せたら、あっという間に青いところまで全部食べちゃった。そこは苦いと思うんだけど、大丈夫なのかな？

「しかし、野菜を作るってすごいよな」

農家だから当たり前だけどさ。

今はスーパーで食材とか生活用品を買ってるけど、できるだけ自給自足ができるようになりたいんだよね。

ほら、勘吉さんからこの家の管理費をもらうことにはなってるけど、生活費は貯金を取り崩してるからさ。

野菜は畑でなんとかするとして、日用品をどうにかしたいところ。

料理をしたあとは食器を洗うし、お風呂に入ったときは体を洗う。

そのときに使う洗剤とか石鹸《せっけん》とか、そういうのを自分で賄うことができたら最高なんだけど――。

「……あ、そういえば、洗剤の作り方がスローライフマニュアルに書いてなかったっけ？」

確か見た記憶があったけど。

書斎に行き、スローライフマニュアルを開く。

「あったあった。これだ」

僕も初めて知ったんだけど、竹を炭化させた「竹炭」と竹炭を作るときにできる副産物の「竹酢」が洗濯洗剤の代用品になるらしい。

炭は消臭に使えるって聞いたことがある。その効果で匂いとか汚れが取れるのかもしれないな。

次のページには、ツバキの葉やヨモギを使った「薬草風呂」なんてものが書いてあった。

ヨモギは春の訪れを思わせる良い香りがして、体がポカポカ温まるのだとか。

畑の周辺に結構生えてるから、摘んできたものをざっと水洗いして洗濯ネットに入れて湯船に突っ込めばオッケーだと書かれていた。

実にシンプルな入浴剤だ。

さらに、生ゴミを堆肥に変える「段ボールコンポスト」なるものも。

これは日用品じゃないけど、畑に使う堆肥を自給自足できそう。

むくむくと作りたい欲が膨らんでくる。

これは作らざるを得ないな！

「だけど、どれからやってみよう？」

色々あって悩んでしまう。

薬草風呂ってのも気になるし、段ボールコンポストも気になる。

……よし、ひとまず竹炭とコンポストを作ってみるか。

洗剤と堆肥はすぐ必要になるからね。

「と言っても、まずは必要な物をネットで取り寄せないとだけど」

竹炭に使う竹は家の周辺にないし、コンポストには腐葉土とか米ぬかが必要みたいだから、今すぐ作るのは難しい。

ネットで必要なものを注文して、今日は事前学習をすることに。

竹炭洗剤は、竹炭を洗濯ネットに入れて洗濯機に入れるだけみたいだから比較的簡単にできそう。

コンポストは段ボールに腐葉土と米ぬかを良く混ぜたものを入れて「床」にして、あとは良く水を切った生ゴミを床の中に混ぜていくだけ。

1日1回は空気を入れながら切り返し、良く発酵させて、2ヶ月くらいしたら堆肥の完成らしい。

ポイントは完成した堆肥は全部使うんじゃなく、半分コンポストに残したまま次の床に利用することなんだとか。

さらに、熱湯を入れたペットボトルを床の中に入れると、なお良いとかなんとか。

「おじいちゃん、すごいなぁ。これぞ山暮らしの知恵だね」

なんて感心していたら、キッチンのほうから「くわっ」と鳴き声が聞こえた。

エシャレットのおかわりが欲しいのかもしれない。

可愛く鳴けば餌をもらえる——。

これも山暮らしの知恵……なのか？

＊＊＊

お昼ご飯を食べ終え、縁側でのんびりコーヒーでも飲もうかと思ったんだけど、ちょっとマズい事件が発生してしまった。

「……あれ？　水が出ない？」

蛇口を捻っても水が出なくなったのだ。

まさか水道が止められてしまったのか!?

——なんて慌ててしまったけど、トイレやお風呂の水は普通に出た。

どうやらキッチンの水だけが出ないみたい。

でも、なんでキッチンだけ？

困惑しながらあちこち歩いていると、なんだ、どうしたとアヒルちゃんたちがドタドタ集まってきた。

「ねぇ、ポテ？　なんで水が出なくなったかわかる？」

「くえっ？」

ポテは「わかんな～い」と言いたげに首を捻った。

可愛いやつだ。

思わずナデナデしたくなったけど、ぐっと我慢。

撫ではじめたら、しばらくやめられなくなっちゃうからね。

アヒルちゃんの魅力は恐ろしいのだ。

しかし、なんでキッチンの水だけが出なくなったんだろ？

水道工事の会社さんに相談したほうが良いかなと思ったけど、ひとまず町役場の水道課に連絡してみることに。

すると「山さん（おじいちゃんの名字）が山から水を引いていると言ってたから、水道管が詰まってるのかも」と教えてくれた。

な、なんて優しい人だ。感動。

ていうか、そんな事情まで知ってるなんて、田舎の人たちってすごく距離が近いんだなぁ。

人付き合いが苦手な僕とは大違いだ。

「そっか、山水を家まで引いてたのか」

そう言われると、思い当たるフシがいくつかある。

まず、日によって水の出の良し悪しがあったこと。

そして、異様にコーヒーや料理が美味しいことだ。

こっちに来てゆっくり料理をする時間ができたし、こりゃあ料理の腕が上がったなぁと自画自賛してたけど、単純に水が美味しかっただけみたい。

悲しいネタバレである。

「山水を引いてるってことは、ノートに詳しく書いてあるかもしれないな」

困ったときのスローライフマニュアルだし。

早速、書斎に行ってノートを開く。

モチも興味があるのか、机の上に乗ってノートを覗き込んできた。

「ええっと、山水、山水……あった、これだ」

まるまる1ページを使って導水路の説明が書いてあった。

それも、絵の具を使ったイラストでわかりやすく。

てか、絵がすごく上手い。

おじいちゃんってば、多才だったんだなぁ。

「……ふむふむ、ここの導水管に不具合が起きたのかもしれないな」

「ぐっ、ぐっ」

モチに同意された……ような気がする。

この山水は水源からパイプを伝って、いくつか集水桝《しゅうすいます》を経由して家に来ているみたい。「水源の目詰まりと冬場の凍結に注意すべし」とメモ書きされていた。

「よし。ちょっと見てこようか。モチも一緒に行く？」

「くわっ‼」

元気よく返事するモチ。

他の子たちも誘ってみようかな。

ひとりで山に入るのはちょっと怖いけど、アヒルちゃんたちがいるなら大丈夫な気がするし。

というわけで、散歩がてら御科岳に入ってみることにした。

……あれ？

そういえば山に入るのって、初めてだっけ？

＊＊＊

作業着と軍手、それと厚底のジャングルブーツを履く。

さらに、水筒と着替えを入れたリュックを背負い、ポテ、モチ、テケテケの３羽といざ出陣！

キッチンの裏から出ている細い導水管に沿って歩いていく。

いかにも手作り感満載のパイプは、ずっと山の中に続いていた。

ううむ。一体どこまで行く必要があるんだろ？

「結構歩きそうだけど、大丈夫？」

「くわっ」

「がー」

「ぐえっ」

うん、問題なさそう。

なんていうかこう、「どんとこーい」みたいな雰囲気を感じるし。

僕を先頭に、ずんずんと山の中を歩いていく。

草をかき分けて行く必要があるかもしれないなと心配だったけど、導水管に寄り添うように細い道が続いていた。

獣道みたいなもんだけど、草むらの中を歩くよりはずっと良い。

多分、水を引いたときに作ったんだろうな。

「……ん？」

ふと、黄色の花がいくつも咲いているのに気づく。

小さくて可愛い。
あまり見たことがない花だけど、なんていう花だろう？
事前に調べておくべきだったかな？
「……あ、そうだ。スマホで調べられるんだっけ」
確か写真を撮って画像検索したらわかるはずだよね。
というわけで、パシャリと写真を撮って検索してみる。
どうやらこの黄色い花は「リュウキンカ」という名前らしい。
茎が直立して黄金色の花を付けることから「立金花」と呼ばれるようになったとか。
へぇ～、面白いな。
その他にもニッコウキスゲ、イチリンソウなんてものもあった。
ちょっと歩いただけで色々な発見がある。
山の中を歩くのって、楽しいな。
「それにすごく気持ちが良いし……う～ん」
大きく伸びをする。
木漏れ日の中、アヒルちゃんたちとの散歩はすごく気持ちいい。
これぞスローライフって感じだ。
小鳥のさえずりや木々の葉擦れの音を聞きながら歩くなんて何年ぶりだろう？

営業の外回りでかなり歩いてたけど、うるさい人混みの中ばっかりだったからなぁ。こういう環境の外回りなら、少しはストレス解消できたかも？

「……いや、ないな」

だって、想像しただけでげんなりしちゃうし。

今思えば、体を壊す前に会社を辞めるべきだったかもしれない。

半年前の営業部転属の辞令が出たときくらいに。

だけど、特技と呼べるものがなにもなく、オール「並」の人生を送ってきた僕にとって、誰かの期待を背負って頑張るというのが生きる道だったんだよな。

求められたら、なんでもやらなきゃいけない。

選《え》り好みなんてしてたら捨てられてしまう。

そんな強迫観念みたいな思考に背中を押されて頑張って、会社が求めるまま営業部に転属して、ストレスを抱えて体を壊してしまったってわけだ。

場の空気に流されたり影響されやすい性格だって自覚はしてる。

そのせいでこれまで何度も痛い目を見てきたわけだし。

「……ぐっ？」

「ん？」

ふと気づけば、足元からアヒルちゃんたちが僕の顔を見上げていた。

３羽とも、「どうしたの？」と言いたげ。

心配してくれたんだろうか？

うう、なんて優しいアヒルちゃんたちだろう。

「大丈夫だよ。ちょっと昔の嫌なことを思い出してただけだから」

「がー」

「……あ、あれっ？」

興味なさそうに、アヒルちゃんたちがトテトテテッと走りだす。

お、おかしいな？

僕のことを心配してたんじゃないの？

もしかして、歩くの遅かったから注意されただけ⁉

そ、そんなぁ……。

そうして、アヒルちゃんズの可愛いお尻を追いかけながらしばらく歩いていると、綺麗な沢を発見した。

すんごく透き通った水が流れている。多分、山水が沢になったのかな？

導水管はその沢に繋がっている。

どうやらここから水を引いているらしく、近くにトタン屋根の大きな集水桝がデデンと鎮座していた。

集水桝は沢から引いてきた水を濾過《ろか》させるための装置っぽい。中に越流させるための仕切り壁があって、小石や砂が下にたまるようになっている。

もしかしてここになにかが詰まってるのかな……と思ったら、案の定、集水桝に繋がってるパイプに落ち葉や小石が詰まっていた。

このせいで流れなくなっていたんだな。

落ち葉をどかして綺麗に掃除をすると、ドドッと水が流れ出した。

アヒルちゃんたちが「ぐわっ⁉」とビックリしてたのが可愛かった。

「……よし、これでオッケーだな」

キッチンで水が出るようになっているはず。

だけど、また詰まっちゃうかもしれないし、定期的に見に来る必要がありそうだ。

まぁ、山の中を歩くのは気持ちが良いし、全然苦じゃないけどね。

「しかし、立派な集水桝だなぁ……」

大きさは僕の背丈くらいある。

コンクリート製だと思うんだけど——ちょっと奇妙なところがあった。

どう言えば良いのかわからないけど、ほのかに発光してるっていうか。

木漏れ日の影響かと思ったけど、やっぱり光ってるよね？

「ねぇ、テケテケ？　これ、光ってるよね？」

「がー」

僕の前をテケテケッと走っていき、沢にドボンと飛び込んで水浴びをはじめるテケテケさん。

全く興味がないらしい。

うん。実にマイペースだ。

まぁ、ぶっちゃけ僕もどうでも良いんだけど、もう少し会話を楽しんで欲しいな。

や、アヒルと会話っていうのもアレだけどさ。

なにはともあれ、とりあえず山水問題は解決したと思うし、帰ろうか。

「……あ、ついでに山菜とか採って帰っちゃおっかな？」

どの山菜が食べられるのかは良くわからないけど、さっきの花みたいにネットで検索すれば大丈夫でしょ？

――と思ったんだけど。

「……あれ、電波が届いてない？」

スマホは圏外になっていた。

これじゃあネット検索できないな。

人里に近いところだと電波は飛んでるけど、流石に山の奥のほうは無理か。

仕方ない。山菜は諦めよう。

「……ん？」

今度はポテポテッと、ポテがやってきた。

水浴びしてたみたいだけど、羽は全く濡《ぬ》れてない。

アヒルちゃんの羽って、めちゃくちゃ撥水性《はっすいせい》が高いんだよね。水が玉になって落ちていくのは見てて楽しい。

「あ、そうだ」

くちばしで丁寧に毛づくろいしているポテを見てふと思いつく。

アヒルちゃんに聞けばなんとかなるかな？

だってほら……この子たち、めちゃくちゃ賢いじゃない？

「ポテ、食べられる山菜ってわかったりする？」

「がー」

毛づくろいしながら返事。

ええっと……今のは肯定？　否定？

全然わからん。

「もしわかるなら、どれが食べられるか教えて欲しいんだけど」

「ぐっ、ぐっ」

「……おっ？」

僕の言葉を理解したのか、ポテが歩き出す。

なにかを探しているような素振りであっちに行き、こっちに行き――やがて草むらの中でピタリと止まった。

「ぐわっ！」

そして僕を見て、ひと鳴き。

「……え？　それ食べられるの？」

「くわっ！」

そうだよ、と言っているように思えなくもない。

もしそうだったらすごい。

アヒル型山菜探索機じゃん。

本当かどうか、ちょっと試してみるか。

さっきポテが見つけた山菜っぽい植物を取って、目の前に出す。

「これ、食べられる？」

「くわ」

コクコク、と頷くポテ。

お次はそこら辺の適当な草を取って――。

「これは？　食べられる？」

「ぐえっ」

今度はプイッとそっぽを向かれた。
おおおおっ！
やっぱり判別してるっぽいぞ⁉
賢すぎないか、ウチのアヒルちゃん⁉
というわけで、ポテ大先生に可否を問いながら山菜を採りまくる。
30分もしないうちに、リュックの中が山菜だらけになってしまった。
うーむ、ちょっと調子に乗って採りすぎたかもしれない。
ひとりで食べられる量じゃないし、勘吉さんにおすそわけしようかな。
「……あれ？　どこだここ？」
ふと気づくと、全然知らないところにいた。
沢もないし、あの巨大な集水桝もない。
右を見ても左を見ても、バカデカい木々だらけ。
方位を調べれば帰れるかと思ったけど、スマホの電波は圏外のままだった。
や、やばい。
これは軽く遭難したかもしれない。
「くえっ」
「あ、ポテ」

ガサガサッと草をかきわけてポテがやってきた。

そのあとを、モチとテケテケがヨチヨチと付いてくる。

3羽の姿を見て、少しだけほっとした。

相手はアヒルちゃんだけど、見知った生き物がいると心強いっていうかさ。

家までの道を覚えていてくれたらさらに助かるんだけど。

「……あのさ、誰か家までの道、わかったりする？」

「くわっ」

「ぐわっ！」

「ぐわわっ！」

3羽とも元気よく返事をしてくれた。

流石はウチの賢いアヒルちゃんたちだ。頼もしすぎる。

だけど、これじゃあどっちが飼い主かわからんなぁ。

僕、給仕のお兄さん？

まぁ、そんな話はおいといて。

道を覚えているなら話は早いと、早速アヒルちゃんたちに帰り道の案内をしてもらおうかと思ったんだけど――。

「……ん？」

木々の隙間から、なにかがチラッと見えた。

どう表現すれば良いかわからないけど、広大な平原……みたいな。

だけど、この辺りにそんなものはないよね？

だって御科岳って、結構な広さがある山だし。

「ゴメンみんな。ちょっと寄り道しても良い？」

「ぐっ、ぐっ」

見間違いかなぁと思ったけど、なんだか気になったのでちょっと確かめてみることに。

すぐ近くに小高い丘みたいなところがあったから、そこから見てみよう。

斜面をうんしょうんしょとアヒルちゃんたちと登る。

そして、目の前に広がる景色を見て、啞然としてしまった。

「……な、なんだこりゃ」

ありえない光景が広がっていた。

終わりが見えないくらい、ずっと続いている広大な平原。

ポツポツと木があるくらいで他にはなにもなく、遠くにはお城みたいな建築物がうっすらと見える。

お城と言っても日本のものじゃなく、西洋風の古城っぽい雰囲気。

さらに驚いたのは、空に翼が生えた巨大なトカゲみたいな生き物が飛んでいたことだ。

「……」

まるで絵画の中から飛び出してきたような非現実的な風景に言葉を失う。

な、なんでこんな景色が山の向こう側に？

ふと足元のアヒルちゃんたちを見たけど、驚いている様子はない。

あれ？

もしかして僕、夢を見てる？

「……モチ、ちょっと僕をつついてくれる？」

「がー」

ビシッ、ビシッ。

痛い。すごく痛い。

うん。夢じゃないな、これ。

てことは、この景色って……現実？

「と、とりあえず帰ろう……」

なんだか怖くなってきた。

これ以上進むと帰れなくなりそうだし。

丘を降りて、急いで帰宅することに。

どうやって戻ったかはあまり覚えてないけど、1時間ほどで無事に自宅に帰ってくることができた。

流石は賢いアヒルちゃんたちだ。

助けてくれたお礼に、エシャレットをプレゼントした。

チャムチャムと音を立て、美味しそうに食べるアヒルちゃんにほっこりしたんだけど、ふと、あの妙な風景が脳裏に浮かぶ。

西洋風のお城に、翼が生えたトカゲ。

ううむ、あれは一体なんだったんだろう……？

＊＊＊

集水桝確認のために山に入って遭難しかけた次の日。

僕はアヒルちゃんたちと一緒に勘吉さんの家にいた。

畑のお手伝いをするのはまだ先だけど、昨日調子に乗って採りまくってしまった山菜をおすそわけしに来たんだよね。

勘吉さんの家は、ウチと似た日本家屋で広さも同じくらい。

大きな庭があって、立派な松の木がそびえ立っているところもなんだか似てる。もしかして同じ大工さんとか庭師さんにお願いしたのかな？

「しかし、沢山採ったねぇ」

キッチンに置かれた山菜を見て、勘吉さんが嬉しそうに笑った。

「フキノトウに、ウド……ワラビもある。というか、良くわかったね？　山菜採りの経験があったの？」

「初めてだったんですけど、ポテに教えてもらったんです」

「ポテ？」

「アヒルちゃんの名前です」

「……ええっ⁉　あのアヒルちゃん、山菜採りもできるの⁉」

そりゃあ驚くよなぁ。

目利《めき》きできるアヒルちゃんなんて、聞いたことないし。

ちなみに、一緒に勘吉さんの家に来たポテたちは、庭でのんびり虫を捕まえたりしている。

「時々ウチも山菜採りに行くんだけど、是非手伝って欲しいな」

「全然オッケーだと思いますよ。なんなら、僕も一緒に行きますし」

「ホント？　助かるなぁ」

リビングでは勘吉さんの娘さん、はるかちゃんがテレビに食らいついている。

今年で3歳って言ってたっけ。

流れているのは子供向け番組。

これ、僕が子供の頃にもやってたやつじゃん。懐かしいなぁ。

いつの時代も子供が夢中になるものは変わらないらしい。

キッチンから油の弾《はじ》ける音がしはじめた。

持ってきた山菜は、勘吉さんの奥さん――静流《しずる》さん（若くて超美人！）が天ぷらにしてくれてる。

本当は山菜を渡してお暇《いとま》する予定だったんだけど、静流さんから「食べていってよ」と言われてお邪魔することになったんだよね。

本当にありがとうございます。

テーブルで勘吉さんに竹炭やコンポストを作ろうとしていることを話していたら、静流さんが山盛りの山菜の天ぷらを持ってやってきた。

「お待たせ。こんな感じで揚げてみたんだけど、どう？」

「おお、サクサクで良い感じじゃない。こりゃあビールが欲しくなるな～。確か冷蔵庫にあったよね？」

「自重しろバカ。アキラくんは車で飲めないんだから」

「イテッ」

菜箸でペシッと頭を叩かれる勘吉さん。

ふふふ、完全に尻に敷かれてる感じがして良きだな。

「僕のことは気にせず飲んでくださいよ、勘吉さん」

「え？　ホント？　悪いねぇ」

「顔が悪びれてないから。ごめんね、アキラくん」

「いえいえ。僕はお邪魔してる身なので」

「いやぁ、アキラくんって本当に大人だなぁ」

勘吉さんがウキウキで席を立つ。

これは相当な酒好きとみた。山菜の天ぷらを肴《さかな》に、どうぞ心ゆくまで飲んでください。

しかし、と皿の上に大盛りになった山菜の天ぷらを見て思う。

すんごく美味しそうな色をしているな。

勘吉さんじゃないけど、本当にお酒と良く合いそうだ。

勘吉さんがビール片手に、テレビを見ていたはるかちゃんと一緒にやってくる。

全員着席したところで静流さんが手を合わせた。

「それじゃあ、いただきましょうか」

「おう」

「いただきます」

「まーしゅ」

勘吉さん、僕、はるかちゃんの順番で手を合わせる。

ちゃんといただきますできるはるかちゃん偉い。

「……おお、こりゃ美味《うま》いな！」

大口を開けて、がぶりと食らいついた勘吉さんが感嘆の声を漏らした。

どれどれ、僕も。

小さめの天ぷらをパクッと。

「あ、美味しい」

サクッとした食感のあとに、ほのかな苦みと独特の歯ごたえがあってすごく美味しい。

この苦み、絶対お酒と合うやつだ。

「しかし、すごく食べやすいな」

「そりゃあ、あたしがしっかりとアク抜きしたからね」

勘吉さんを見て、フンスと鼻を鳴らす静流さん。

そんな彼女に尋ねる。

「山菜ってアク抜きが必要なんですか？」

「うん。ワラビとかアクが強いから、苦みが強すぎてそのままじゃ食べられないんだよね。食用の重曹を使って熱湯をかけて、半日くらい置いてたら大丈夫だよ」

「へぇ、そうなんですね。家でもやってみます」

危うくそのまま食べるところだった。

良い水を使ってても、アクが強かったら流石に美味しくないよね。

「……あら、アヒルちゃん？」

静流さんの声。

そっちを見ると、モチたちが庭の方からヨチヨチとやってきていた。

「お前ら、ちゃんと足は拭いたか？」

「くわ」

「わっ、わっ」

「ぐえっ」

片方の羽を掲げるアヒルちゃんたち。

よしよし、偉いぞ。

家から足拭き用のタオルを持ってきたんだけど正解だった。

それを見た静流さんが目を丸くする。

「すごっ……アキラくんのとこのアヒルちゃんって、人間の言葉がわかるの？」

「そうなんですよ。めちゃくちゃ賢くって」

なんて褒めてたら、３羽揃って静流さんの足元にひょこひょこと集まる。

「あら、あなたたちも食べたいの？」

「がー」

「か、可愛いっ！　はいどうぞ」

天ぷらが載った取り皿を差し出す静流さん。

瞬間、モチたちが我先にとガガッとがっつきはじめる。

「あはは、良い食べっぷり。それに人懐っこいし、ちょっと可愛すぎない？　よしよし……良い子、良い子」

「ぐっ、ぐっ」

静流さんに撫でられまくり、ご満悦の様子。

特にオスのテケテケはデレまくってる。

僕には決して撫でさせてくれない脇の下まで許しちゃってるし。

く、くそう。

なんだ、この敗北感……。

僕のほうが沢山世話してるのに！

それから、思う存分山菜の天ぷらを堪能したあと、はるかちゃんがモチたちと遊びはじめた。

モチたちが逃げて、はるかちゃんが追いかける。

捕まったら撫でられまくるっていう変な遊びだけど、実にほっこりする。

ていうか、すっかり仲良くなったみたいだな。

「山に入ったのって、昨日だっけ？」

ほろ酔いの勘吉さんが尋ねてきた。

「そうですね。いきなりキッチンの水が出なくなって。おじいちゃんが山から水を引いてたらしいんですけど、集水桝にゴミが溜まってたんです」

「あ〜、そういや、そんなこと言ってたな。あそこの沢には魚もいるし、今度釣りでもやってみたらどう？」

「あ、それ良いですね」

モチたちと一緒にやるのも良いかもしれないな。

木漏れ日の中でのんびりと沢で糸を垂らす……。

なんて贅沢な時間の使い方だろう。

想像しただけで癒やされる。

「あ、そうだ。そういえば昨日、山菜採りをしてるときに気になるものを見たんですけど」

「気になるもの？　クマとか？」

「いえ、変な景色なんですけど」

「変な景色？　なんだいそりゃ？」

僕はかいつまんで昨日見たものを勘吉さんに話す。

だだっ広い平原とお城のような建物。

そして、空を飛ぶ大きなトカゲ。

勘吉さんは首を捻ったまま、しばし黙り込む。

やがて、ぽつりと口を開いた。

「……そりゃあ、黄泉《よみ》かもしれないな」

「ヨミ？」

「簡潔に言えば、『あの世』みたいなもんだよ」

「あっ、あの世っ⁉」

ええっ⁉

もしかして僕、死んじゃうところだった⁉

「で、でも、どうして御科岳に黄泉の世界が？」

「いやいや、黄泉ってのは僕のただの想像だよ？　昔、父から『奇妙な鳴き声を聞いたら絶対に山に入るな。黄泉に連れて行かれる』って言われてたからさ」

「奇妙な鳴き声？」

ってなんだろう。

動物の鳴き声とか？

ていうか――。

「そんな怖い話があったんですね……」

「いわゆる俗信みたいなもんだから重く考える必要はないと思うけどね」

「御科岳って大昔は『オバケ山』って名前だったんでしょ？」

キッチンから声が聞こえた。

お皿を洗っている静流さんだ。

「その『オバケ山』が『御化山《おばけやま》』になって、次第に『御科山』に変化して、今の『御科岳』になったってお義父《とう》さんから聞いたことがあるわ」

「……オ、オバケ山」

そ、それってマジなやつじゃないですか？

そんな名前で呼ばれてたってことは、オバケの目撃情報があったってことだろうし。

う、ううむ……。ちょっと怖い。

可愛いオバケなら大歓迎なんだけどな。

ほら、ウチのアヒルちゃんみたいな感じで——。

「……あれ？」

と、ついさっきまで走り回っていたモチたちが、はるかちゃんと一緒にリビングのど真ん中で寝ているのに気づく。

「モチたち寝ちゃいましたか？」

「みたいね。ふふ、可愛い」

口元をほころばせる静流さん。

しかしまぁ、気持ちよさそうに寝ちゃって。

仲が良いを通り越して、姉妹みたいになっちゃってるじゃん。

……可愛いから写真撮っとこ。

＊＊＊

勘吉さんたちからちょっと怖い話を聞いたので、夜眠れるかなと心配になったけど、モチが一緒に布団に入ってくれたので秒で眠ってしまった。

頼るべきものはアヒルちゃんである。

だけど、朝に目を覚ましたら布団にモチの姿はなく。

「……あれ？　どこ行ったんだ？」

いつもは僕が起きるまで布団の中でゴロゴロしてるはずなのに。

お腹が減って、虫でも捕まえに行ったのかな？

そういえば前に、テケテケがゴミ箱から野菜くずを見つけて美味しそうに食べてたっけ。

流石好奇心旺盛なテケテケさんだ。発見力がすごい。

「……ん？」

と、縁側のカーテンの向こうからなにか音がした。

もしかしてモチさん、庭に出てるのかな？

てか、縁側の窓を閉め忘れてたか……。

周囲は山だし危険はないとは思うけど、ちょっと不用心すぎる？

カーテンを開けると、案の定モチが水浴びをしていた。

いや、モチだけじゃなく、テケテケとポテの姿もある。

みんなで仲良く水浴びタイム。

朝からお風呂に入るなんて綺麗好きだなぁ。

今日も良い天気だし、ポカポカ陽気の下で水浴びするのはさぞ気持ち良いんだろう——なんて思ってたら、奇妙なことに気づいた。

白い塊が４つあったのだ。

大福餅みたいな塊が３つ。

そして、白い毛むくじゃらの塊がひとつ。

「……うぇっ⁉」

え⁉　ちょっと待って⁉

しれっと「僕はアヒルですけどなにか？」って雰囲気で混ざってるけど、キミ絶対違うよね⁉

というか、誰⁉

目を凝らしてじっと見る。

ふわっとした立派な尻尾に、ピンと立った耳。

なんとも神々《こうごう》しい雰囲気の白い狼《おおかみ》さんだ。

その瞬間、昨日聞いた静流さんの話が僕の脳裏をよぎった。

——御科岳って大昔は『オバケ山』って名前だったんでしょ？

「ま、まさか……オ、オバ、オバケ狼⁉」

「……っ⁉」

僕の声に驚いたのか、白狼さんがビクッと身をすくめる。

そして「今の声はなに⁉」と周囲をキョロキョロと見渡し、縁側から見ていた僕に気づく。

固まる狼さん。

呆然《ぼうぜん》と見つめる僕。

先に動いたのは狼さん。

ダダダッと高速ダッシュして、3メートルほどあろうかという庭の壁をぴょんと飛び越えて行った。

「す、すげぇ……！」

オバケじゃなさそうだけど、すごい身体能力だ。

だけど、一体何者だったんだろう？

山に住んでる狼が餌を求めて迷い込んできちゃったのかな？

にしてはモチたちとすごく仲よさげだったけど……。

恐る恐る庭に出て、モチたちの元に。

「ね、ねぇ、モチ？　今の狼さんって知り合い？」

のんびりと毛づくろいをしていたモチがヒョイッと顔を上げた。

「が～」

そして、ひと鳴き。

なんだか「そうだよ」って言ってるような気がしなくもない。

ん～……知り合いなら危険はない……のかな？

でもアヒルちゃんたち、食べられちゃったりしないかな？

今は大丈夫でも、空腹になったらガブリといかれちゃうかもしれないし。

「……モチたちが食べられないように、餌をあげたほうが良いのかな？」

ほら、アヒルちゃんじゃなくてこっちを食べてね～的な。

や、餌付けみたいになって逆に危ないか？

それに、簡単に餌を得る方法を学んじゃうと依存するようになっちゃうから、あんまり良くないかも。

とはいえ、放っておくのもなぁ……。

「くわ？」

いつの間にか僕の周りに集まってきたアヒルちゃんたちが、「ん？　どしたん、話聞こか？」と言いたげに僕の顔を見上げている。

実に呑気な顔である。

こ、こいつら……。

誰のせいで悩んでると思ってんだよ。

真剣に考えてた自分が馬鹿みたいじゃないか。

「……とりあえず、朝ご飯にしよっか」

あの狼さんの件は、午後に持ち越しということで。

「くわっ」

「くわっ」

「がー」

ヨチヨチと僕のあとを付いてくるアヒルちゃんズ。

そのとき、山の中から奇妙な動物の鳴き声が聞こえたような気がした。

＊＊＊

山暮らし17日目。

結局、一日考えて（縁側でアヒルちゃんたちと日向ぼっこしながら、お昼寝をして夢の中で考えて）あの白狼さんの餌を用意してあげることにした。

だって、モチたちの知り合いみたいだったし。

神々しい雰囲気だったから、悪い人……じゃなくて、悪い動物じゃないよね、多分。

準備したのは、スーパーで買ってきた豚肉30グラムほど。

あまり多いと僕の餌に頼りっきりになっちゃいそうだし、ほどほどに。

というか、この家に来る動物たちって、僕より贅沢してるよね。

そのうち動物たちの餌代を捻出するために、僕がもやし生活になりそう……。

「だけど、来ないな」

庭の池のそばに餌を置いてみたんだけど、白狼さんは現れていない。

もしかすると警戒しているのかもしれないな。

僕の顔をみて、かなりびっくりしてたし。

ちょっと様子を見るか。

てなわけで、モチたちと朝ご飯を食べてから、時間を置いてもう一度縁側に。

「よし、水浴びしてこ～い」

「くわわっ！」

モチたちは縁側から飛び出すと、ドドドッと池に向かって突撃していく。

ついでに僕も庭に出て、白狼さんをチェック。

「ん～……やっぱり来てないか？」

庭の隅々まで確認してまわったけど、白狼さんの姿はなかった。

松の木の裏や、納屋の中も見たけれどいない。

やっぱり昨日はたまたま迷い込んできただけだったのかな？

とりあえず、出してた餌を引っ込めておこうか。

そう思って、池のそばにおいてあった餌を片付けようと思ったんだけど――。

「あれっ？　なくなってる？」

お皿に置いていた豚肉が綺麗サッパリなくなっていた。

い、いつの間に⁉

確か、朝ご飯を作るときはあったよね？

目を離してる隙に食べて帰っちゃったのかな？

それとも……アヒルちゃんが食べちゃったとか？

「お前ら、ここにあった肉、食べた？」

「がー」

「ぐえー」

「シランがー」

「あ、そう……って、ちょっと待って？」

さらっと聞き流しちゃいそうになったけど、今、モチさんってば「知らん」って言わなかった？

前にもこっそり言葉を喋ったような気がするけど、聞き間違い？

「もしかして言葉、喋れるの？」

「がー」

「ぐー」

「ぐわー」

プイッとそっぽを向かれてしまった。

ぐぬぬ。

遊ばれてるのか、それとも気分屋なのか……。

いや、こいつらのことだから、両方の可能性があるな。

「ま、良いか」

深く考えても仕方がないし。

豚肉も白狼さんがこっそり食べたということにしておこう。

てなわけで、庭に出たついでに、先日からスタートさせた竹炭を使った洗剤作りをやることに。

思いつきで一日の予定を決めるのが山暮らしの醍醐《だいご》味《み》なのだ。

ま、そんなに手の込んだ作業があるわけじゃないけどね。

竹炭をひとつずつ洗濯ネットに入れていくだけだし。

これを洗濯機に入れて、スプーン一杯分の塩を入れると綺麗になるんだって。

ちなみにこの竹炭は、僕が焼いて作ったものじゃなくて取り寄せたものだ。

ネットで調べたところ、竹炭自体が売ってたんだよね。

やっぱり需要があるんだなぁ。

竹炭はコンポストに入れておくのも良いってスローライフマニュアルに書いてあった。

微生物の住処になって、活動が活発化するんだとか。

おじいちゃん、ホント物知り。

さすおじだわ。

竹炭のついでに、納屋に置いている段ボール型コンポストも確認する。

「……お、良い感じになってるね」

コンポストから、もうもうと湯気が出ている。

毎日1回は空気を入れながらかき回しているんだけど、ちゃんと発酵しているみたいだ。

この調子なら、もう少ししたら堆肥として使えるかもしれないな。

「そろそろ畑もはじめるかな」

納屋には農作業用の農具も揃ってるし、コンポストをはじめたのも畑のためだからね。

とはいえ、まずは野菜作りについて勉強するところからだけど。

ネットで調べても良かったけど、身近にいるプロ農家である勘吉さんに「なにからやったほうが良いですかね？」とＬＩＮＫＳで聞いてみたところ「作付け計画から練ってみてはどう？」と返答があった。

季節によって植える野菜の種や苗が変わってくるし、成長速度も違うのでどの野菜をどこの畝《うね》（筋状に土を盛り上げたもの）に植えるか決めておかないと失敗してしまうのだとか。

なるほどなぁ。

適当に野菜の種を植えてもダメみたい。

今の季節だと、オクラ、ゴーヤ、キュウリ、ナス、ピーマン、トマトあたりが良いと教えてもらった。

さらに、情報だけじゃなくそれらの種や苗まで譲ってもらうことに。

勘吉さん、良い人すぎる……。

今度の収穫のお手伝いのときは全力で頑張らせていただきます。

というわけで、どこの区画にどの野菜を植えるかしっかりと決めることに。

リビングに戻り、ノートにメモ書きしておく。

野菜ごとに与える肥料も変わってくるからね。

「……これでよし。ついでに、畑を耕しておくか」

「くわっ！」

トトトッとテケテケが走ってきた。

なにかを察知したらしい。

流石は3羽の中で一番好奇心旺盛なアヒルちゃんである。

「テケテケも一緒にやる？」

「ぐわっ！」

というわけで、テケテケと一緒に鍬《くわ》を取りに庭に出たんだけど……。

「……あれ、また裏口が開いてる？」

庭の一角にある扉が開いていた。

コンポストとか確認しに行ったときは閉まってたと思うけど、いつの間に開いたんだろう？

もしかして、また白狼さんが来たのかな？

だけど、餌はもうないしなぁ。

念のため、白狼さんの餌を置いていた池のそばに行ってみると、白狼さん用のお皿の上になにかが載っていた。

「な、なんだこれ？」

こんもりと載っていたのは、色々な木の実だ。

この前採ったのと同じ山菜もある。

「くわ」

「……わっ⁉　魚もいる⁉」

テケテケがつんつん突っついていたのは、ピチピチと跳ねているお魚さん。

たった今獲ってきました……と言わんばかりに新鮮だ。

大小様々の木の実。

そして、山菜や薬草っぽいものまで。

大量すぎてお皿からこぼれ落ちちゃってるし。

勘吉さんが置いていったのかな？

けど、車が来た気配はない。

それに、来たなら僕に声をかけるはずだし——。

「……もしかして、白狼さん？」

ほら、朝にあげた豚肉のお礼的なさ？

そんな童話みたいなコトが起きるか疑問ではあるけど、それ以外には考えられない。

「ええと……ありがたく頂戴しますね」

山に向かってペコリとお辞儀。

ほら、オバケっていうより神様みたいな雰囲気だったし。

しかし、この山って本当に不思議だよね。

賢いアヒルちゃんにはじまって、トカゲが空を飛んでる奇妙な風景。

そして、ご飯のお礼に大量の木の実を持ってきてくれる白狼さん。

「アヒルちゃんたちも僕の言葉を理解しているみたいだし、この山に住む動物たちって、みんな頭が良いのかもしれないな」

良くわからないけど、そういうことにしておこう。

というわけで、新鮮な魚は晩ご飯でいただくことにして、まずは木の実をおやつにすることにした。

見たことがない木の実もあったので画像検索しつつ食べたんだけど、南米でしか採れないものまであった。

白狼さん、どうやって採ってきたんだろ……。

まぁ、ほとんどアヒルちゃんたちに食べられちゃったけど！

お前らってば、本当にありがたみというか感謝の気持ちがないよね。

可愛いから良いんだけどさ。

第二章　奇妙な隣人さん

「……お、良い感じに育ってるな」

ポカポカ陽気に包まれた朝。

僕は庭の外にある畑にいた。

10メートル四方ほどの区画を木の柵で囲っているこの畑は、以前からおじいちゃんが野菜を育てていた場所だ。

日当たりも抜群だし、まさに絶好の畑スポット。

ちょっと前にコンポストで作った堆肥を土に混ぜて野菜を育ててるんだけど、かなり良い感じに野菜が育ってるんだよね。

植えた野菜は、キュウリにゴーヤ、ナス。

それにトウモロコシ。

キュウリとゴーヤは同じ畝にした。

支柱を両サイドに立ててネットを張り、そこにツルを紐《ひも》で結んで実の重さで折れないようにしている。

ネットの表側はキュウリ、裏はゴーヤという感じだ。

トウモロコシは畝の周りにぐるっと支柱を立てて、紐で囲っている。

こうすることで風で倒れにくくなるんだとか。

ナスも支柱を立てて、同じように紐でくくっている。

ちなみにナスは育ってきたら株の根本に肥料を撒くんじゃなくて、畝と畝の間の通路に撒くのが良いんだって。

葉っぱの広さまで根が広がるみたいで、通路に撒かないと栄養が足りなくなってしまうらしい。

全部勘吉さんに教えてもらったんだけど、やっぱりプロってすごい。

言われた通りにやってるだけで、こんなに立派な実ができるんだもん。

「にしてはちょっと育ちすぎな気もするけど……」

キュウリとか、凄《すさ》まじく大きい実がついてるし。

勘吉さんの話だと、収穫できるのって来月くらいだったよね？

混ぜたコンポスト堆肥のおかげ……なのかな？

というか、おじいちゃんの家って、野菜だけじゃなく他にも不思議なことが多いんだよね。

例えば、天気。

ここで暮らしはじめてもうすぐひと月が経つんだけど、毎日快晴。

一日たりとも天気が崩れたことがない。

まぁ、土砂降りの雨だったら家の中でじっとしてないといけないから、ありがたいといえばありがたいんだけどね。

納屋に置いてある段ボール型コンポストの発酵速度もすごく速かった気がする。箱が一杯になって2、3ヶ月で堆肥ができるっておじいちゃんのスローライフマニュアルに書かれてたけど、数週間でできちゃってるし。

あとは、庭にやってくる白狼さんだよね。

あれから一度も姿を見せてくれないけど、餌を出すといつの間にかなくなって、代わりに木の実と薬草が山盛り――ってことが続いてる。

ほんと不思議すぎる。

アヒルちゃんたちは友達って言ってた（ような気がする）けど、もしかして本当に山の神様だったりするのかな？

「ぐっ、ぐっ、ぐっ」

なんて考えてたら、山のほうからテケテケたちがヨチヨチ歩いて来た。

最近は行動範囲が広がって、山の中を散歩するようになっている。

前より少し体が大きくなってるし、ペレットの野菜くずミックスの餌だけじゃ足りなくて虫とか捕まえに行ってるのかもしれない。

「おかえり。キッチンにお昼ご飯置いてるから」

「がー」

「ぐっ、ぐっ」

「くわっ」

1羽ずつバタバタッと羽をはばたかせ、壁の向こうに消えていく。

あれは「ありがとう」の反応だな。

嬉しいこととか楽しいことがあると、ああやってボディーランゲージをするんだよね。

逆に、興味がなかったりどうでも良い話題を振ると、そっけない態度を取る。

実にわかりやすいやつらなのだ。

「……さて、と」

僕は畑作業をしないとね。

今日はキュウリの摘芯という作業をやる予定。

摘芯っていうのはわき芽（茎の付け根から出る芽のこと）の成長を促進させるための重要な作業で、これ如何《いかん》でキュウリの収穫量が変わるらしい。

美味しいキュウリを沢山食べるために頑張らねば。

といってもやり方は簡単。剪定《せんてい》バサミで茎の先端近くをチョッキンと切るだけ。そうするとわき芽がすくすく伸びていくらしい。

「ぐっ、ぐっ」

「……ん？」

モチが庭のほうから戻ってきた。

「どした？　お昼ご飯、足りなかった？」

「ぐっ、テツダウが～」

「……えっ？」

しばし唖然としてしまった。

普通に言葉喋ってるってのもだけど、まさか作業も手伝ってくれるなんて……。

おじさん、感動しちゃった！

「サンキューな、モチ。じゃあ、雑草処理を頼むよ」

「ぐわっ」

プリプリとお尻を振りながら雑草をくちばしでつまんでいく賢《かしこ》優《やさ》しいモチさん。実に癒やされる後ろ姿である。

ていうか、庭には雑草が生えないけど、ここにはしっかり出てくるんだよね。本当に不思議。

それから30分くらいでひと通り摘芯作業が終わり、モチのおかげで畑の周囲から雑草が綺麗になくなった。

これでキュウリもしっかり育つだろう。

「……よし、今日はこれくらいにしておこっか」

「ぐわっ！」

午後からホームセンターに買い物に行く予定だしね。

そこでなにを買うかといえば……耐火レンガだ。

庭に石窯を作ろうと考えている。

ほら、石窯でピザとか焼いたら、すごく美味しそうじゃない？

本格ピザっていうかさ。

ちなみに、石窯の作り方はスローライフマニュアルに書いてあった。

なんでそんなものが書いてあるんだって突っ込みたくなるけど、これも山暮らしにおける自給自足の手段のひとつなのかもしれない。

……てことにしておこう。

レンガは相当数必要になりそうだけど、手順に沿ってレンガを重ねていけば良いみたいだし、結構簡単に作れるっぽい。

というわけで、軽くお昼ご飯を食べて出発することに。

一緒に行くかとモチたちに声をかけようとしたんだけど、いつの間にかいなくなっていた。

また山の中に遊びに行ったのかな？

ほんと散歩が好きだな～。

なんて思いながら、駐車場に向かったんだけど――。

「くわっ！」

軽トラの荷台にモチの姿が。

「ぐわわっ！　くわ、くわっ！」

「……あ、一緒に行く？」

「イクぐわっ！」

大喜びのモチさん。

ちなみに、買い物に行くときは6割くらいの確率でモチが付いてくる。

残りはポテとテケテケが一緒に来たり来なかったり。

好奇心が一番強いのはテケテケなんだけど、あいつは買い物とかにはあんまり興味がないみたいなんだよね。

遊びに行くわけじゃないって理解しているのかもしれない。

実に賢いアヒルちゃんだ。

＊＊＊

山を降りて、麓の町にやってきた。

ここは勘吉さんが住んでいる町なんだけど、大きめのスーパーとかホームセンターがあって頻繁に利用させてもらってる。

町とはいうけれど、僕が前に住んでた都内とは違って長閑《のどか》な雰囲気がある。

周囲にあるのは、田んぼと山だけ。

住んでるのは1万人くらいって言ってたっけ？

人付き合いに疲れた僕にとっては、ある意味天国だよね。

そんな町のホームセンターで購入するのはコンクリートブロックとレンガ、合わせて250個くらい。

よくよく考えると結構な量だな。

あとは鉄板と鉄筋……それにセメント粘土。

買うものが多いので、事前に連絡して必要数を注文しておいた。

「しかし、かなり多いな……」

支払いを済ませていざ運ぼうと思ったんだけど、山のようなレンガとブロックを前に少々げんなりしてしまった。

これは車に運ぶだけでもひと苦労だ。

一緒に来てくれたモチが手伝ってくれたら助かるんだけど、そんなことができるわけもないし。

ちなみに、モチは車でお留守番中。

いつもはカートに乗って店内に入る（店員さんの許可済み）んだけど、今日は荷物が多いので待ってもらってる。

ちょっとふてくされてたけど、いつものおやつをあげればごきげんになるはずだ。

「とりあえず、運ぶか」

ここで途方に暮れていても仕方がないし。

台車を使って少しずつ車に運ぶ。

優しい店員さんが手伝ってくれたおかげもあって5往復くらいで全部トラックの荷台に積み込むことができた。

しかし、運ぶだけで疲れちゃったな。

歳だけは取りたくないものである。

「……くわっ！」

モチが車の窓から「例のブツはまだですか!?」と顔を覗かせた。

はいはい、わかってるって。

買い物が終わったらホームセンターの入口にある、たい焼き屋で大判焼きを買うのがいつもの流れなんだよね。

今日は畑作業を手伝ってくれたり、しっかりとお留守番してくれたから特別にふたつ買ってあげようじゃないか。

「ちょっと待っててな?」

「ぐっ、ぐっ」

財布を片手に、再びホームセンターに向かう。

すると、すごい量の買い物をしている人が目に止まった。

両手では持てないくらいのレジ袋を前に、呆然と立ち尽くしてしまっている。

なんだろうあれ。

すんごい気になる。

一体なにを買ったんだ……ってのもだけど、服装がめちゃくちゃ変だった。

まるで「危険な病原菌が蔓延《まんえん》している研究所から脱出してきました」と言いたげなゴム製の防護服を着ていたのだ。

さらに帽子にマスク、サングラスまで。

……怪しい。

実に怪しすぎる。

ていうか、そんな格好でよくお店に入れたね?

実際、その怪しい格好が災いしてか誰も近づこうとしないし。

さっき手伝ってくれた優しい店員さんも、遠巻きに見ているだけ。

まぁ、そうなるよね……。

だけど、ちょっと可哀想。

すんごく怪しい見た目だけど、困ってるよ、絶対。

大量の荷物をひとりで運ぶのは大変だって、身を持って経験したばかりだし。

「あの、お手伝いしましょうか？」

なので、声をかけてみた。

我ながらお人好しすぎる性格である。

「……えっ⁉」

防護服の人はギョッとして（表情はわからなかったけど）しばらくワタワタしたあと、ぺこりと頭を下げた。

「あ、ありがとうございますッス！」

女性の声だった。

それもすごく若そうな。

改めて言うけれど、このホームセンターがあるのはド田舎だ。

周りには田んぼしかなくて、若者が遊ぶような場所はない。

なのに若い女性――それも、全身防護服で大量の買い物をしてるなんて。

気になる。

めっちゃくちゃ気になる！

だけど、あなたは何者なんですか、なんて聞けるわけもなく。

「お車はどちらに？」

「あ、えと、こっちッス！」

防護服の女性と一緒に、台車をゴロゴロと押していく。

一台じゃ乗り切れなかったので、店員さんに声をかけてもう一台借りて。

到着した駐車場に停まっていたのは、僕のと似た軽トラックだった。

え？　若い女性が軽トラック？

……いやまぁ、冷静に考えるとそこまで気に留めることじゃないけど、ここまできたらなにからなにまで怪しく思えちゃうよね。

レジ袋に詰まっていたのは、日用品とか食料っぽい。

大量のお酒もある。

もしかしてこっちに別荘でもあって、長期滞在でもするのかな？

なんて考えながら、荷物を荷台に載せていく。

「あ、あの」

ひと通り荷物を載せ終わると、防護服の女性が声をかけてきた。

「ほ、本当にありがとうございます。マジで助かりました」

ペコリとお辞儀をしかけて、ハッとなにかに気づく彼女。

顔を隠したままなのは失礼だと思ったのか、慌てて帽子やマスクを外して素顔を見せてくれた。

びっくりした。

若い女性だとは思ってたけど——ギャルだったんだもん。

カラコンを入れているのか瞳は青く、肌はこんがり焼けていて、腰まであろうかというサラサラの髪は黄金色に輝いている。

金髪ギャル、防護服、軽トラに大量の買い物……。

あの、気になるゲージが振り切っちゃってるんですけど？

「えっと、これ、手伝ってくれたお礼ッス。どうぞ」

防護服ギャルさんがレジ袋を漁って、ジュースとお菓子をくれた。

「あ、え……ありがとうございます」

「それじゃあ、失礼するッス！」

ギャルさんはぺこりと頭を下げると車に乗り込み、颯爽《さっそう》と立ち去っていった。

お菓子とジュースを持ったまま、固まってしまう僕。

勢いでもらっちゃったけど、お礼とか大丈夫だったんだけどな。

しかし、助けたお礼に食べ物って、何か既視感があるっていうか。

「……はっ⁉　まさかあの子も御科岳の不思議動物⁉」

ほら！　白狼さんって、お礼に木の実とかくれるじゃない⁉

それと一緒で、手伝ってくれたお礼にお菓子とジュースをくれて――。

「んなわけないいか」

なんだか恥ずかしくなって、頭をポリポリ。

しかし、御科岳って本当に不思議な場所だなぁ。

毎日、色々な発見があるっていうか。

のんびりできるし刺激的なこともある。

なんて楽しい場所なんだろう。

感心しながら車に戻ると、激オコのモチが。

「ぐわわっ！　オソイ！」

ドアを開けた瞬間、めちゃくちゃ突っつかれてしまった。

痛い痛い。

ちょっと、本気で突っついてませんか、モチさん⁉

そんなモチさんの怒りは、ガサガサと僕の体を物色したあとさらにヒートアップする。

「くわっ！　ぐわっ！　がーがーがーっ！」

「え？　なに？」

「オオバンヤキ、ナイぐわっ！」

「……ああっ⁉」

し、しまった！

色々あったから、買うのをすっかり忘れてた！

「ごめんモチ。今日はこれで勘弁してくれない？」

防護服ギャルさんがくれたお菓子を献上する。

「が⁉　……ぐわっぐわっ！」

訝《いぶか》しげな目で見ていたモチだったけど、お菓子を見た瞬間、大喜びで飛び跳ねまくる。

「がーがーがー！　ぐっ、ぐっ、ぐっ！　アケテ！」

「はいはい、ちょっと待って」

袋を開けた瞬間、ガガガッと勢いよく食べはじめる。

それを見て、呆れ笑いを浮かべながらジュースを飲む僕。

こいつはホントに。

チョロいというか現金というか、子供みたいで可愛いやつだなぁ。

＊＊＊

ホームセンターに行った翌日、朝から石窯作りをはじめた。

庭の納屋の近くにスペースを確保し、おじいちゃんのスローライフマニュアルに沿って、一つずつレンガを組み立てていく。

「よし、まずはこんな感じかな？」

コンクリートブロックを六角形に積んで3段ほどの壁を作った。

「次はこの上に鉄板をかぶせるんだけど……ん？」

「くわっ」

「ぐわっ」

「くわわっ」

モチたちの声が聞こえたなと思ってそっちを見ると、3羽一緒に鉄板を咥えて持ってきてくれた。

びっくりした。

だってほら、大人でも運ぶの大変な重さなんだけどな、それ。

ウチのアヒルちゃんてば、怪力すぎない？

「あ、ありがとう、みんな」

「わっ！」

モチたちは「こんなの朝飯前だから」と言いたげにドヤ顔で鳴くと、続けてレンガを咥えて持ってきてくれた。

「お、おお……」

感動である。

可愛いアヒルちゃんたちと一緒に石窯制作ができるなんて、予想外の幸せタイムじゃないか！

「よし、みんなで石窯を完成させよう！」

「わっ！」

てなわけで、モチたちが持ってきてくれた鉄板をかぶせて、その上にびっしりとレンガを並べていく。

このレンガが窯になる部分だね。

床部分を作って、その次は壁部分。

入口になる部分は少し開けておく。

壁ができたら天井を支えるための鉄筋を並べて、その上に屋根を作っていく。

そして、最後に屋根の隙間をセメント粘土で埋めたら完成だ。

「……おお、結構良い感じじゃない？」

めちゃくちゃ立派な石窯ができた。

初めてにしては上出来ではないだろうか。

この石窯は薪《まき》を燃やすところと調理するところが一緒になっていて、輻射熱《ふくしゃねつ》を利用した構造らしい。

マニュアルに「コンクリートブロックをデコレーションしたらおしゃれになるぞい☆」と書かれていたので、納屋に置いてあったペンキでアヒルちゃんを描いてみた。

「うむ、これはこれで……良いかもしれない」

ほら、味があるっていうか。

「どうみんな？　このアヒル窯、可愛くない？」

「……」

じっと石窯を見つめるアヒルちゃんズ。

「がー……」

「ぐー……」

「ダサイがー」

「……なっ⁉」

軽くディスられた⁉

べ、別に良いもんね。

見た目はダサくても、しっかり料理できれば！

というわけで、早速ピザを焼いてみることに。

まずはピザ生地——を作る前に、窯を温めなきゃね。

窯の中で薪を燃やして温める。

1時間くらいかかるので、その間に生地作り。

薄力粉などの生地になる具材を混ぜ合わせ、まとまってきたら塩をササッとふりかける。

生地を3つにわけて、薄く伸ばす。

麺棒がないのでビール瓶で代用した。

それからお好みの具をのせて、生地は完成。

窯が十分温まったら、薪を隅に寄せる。

注意しないといけないのは、火を消さないこと。少しずつ薪を継いでいき、燃やし続ける必要があるらしい。

同時に濡らしたモップで、中央の炭を掃除する。

そして、いよいよピザを焼く工程だ。

火の距離に気をつけながら、生地を窯の中に入れていく。

マニュアルによると、2、3分で焼けるんだとか。

意外と早いんだな。

ただし、生地の厚さによっては時間がかかる場合もあるから、そこは調整する必要があるみたい。

3分くらい経って一旦ピザを出してみたら、食欲をくすぐる良い匂いがブワッと溢れ出した。

こ、これは美味しそう……！

生地を触ってみたけど、良い感じに焼けている。

これは完成と言って良さそうだね。

「よし！　アヒル窯のピザが完成だ！」

「「ぐわっ！」」

モチたちが嬉しそうに声をあげる。

「お前らも食べる？」

「くわっ！」

「がー！」

「ぐっ！」

アヒルちゃんたち、興奮気味にバタバタと翼をばたつかせる。

そうかそうか。

石窯作りを手伝ってくれたわけだし、アヒルの絵をディスってきたのは水に流して、ごちそうしてあげようじゃないか！

てなわけで、みんなで縁側に並んで食べることに。

ピザは包丁を使って、しっかり4等分。

お供にオレンジジュースをつける。

「いただきます！」

みんなでいただきますをして、早速頬張る。

「くわっ！」

「はふはふ……うまあああっ！」

こ、これはすごい。

生地はもっちりしてて、アツアツですごく美味い。

味はキツくなく、素朴な感じかな？

これなら何枚でも食べられそう。

「どう？　美味しい？」

「くわっ！　ウマイ！」

チャムチャムと、ピザをついばむテケテケさん。

どうやら気に入ってくれたみたい。

ポテとモチも一心不乱に食べている。

「あはは、そんな慌てなくても、まだピザは沢山あるから——」

「……ぐっ」

テケテケが咥えたお皿を僕の前に差し出す。

彼に続いて、ポテとモチも。

可愛い。
「はいはい、今、焼きますよ」
わたくしめは、あなたたちの給仕ですからね。
結局、15分くらいで焼いた3つのピザを全部たいらげてしまった。
食べたのはほぼアヒルちゃんたち。
お気に召したようでなによりですよ、アヒル様。
追加でピザを焼いて、白狼さんにもおすそわけすることに。
すると翌日、お皿の上にいつもとは違うお礼が置かれていることに気づく。
「……なんだこれ？」
手のひらサイズの小さな石。
だけど普通の石じゃなく、太陽の光を反射しているのか七色にキラキラと輝いている。
水晶……じゃないと思うけど、宝石みたいに綺麗だ。
もしかして、値打ちがあるものなのかな？
だとしたらすごいんだけど——。
「ていうか、お手製ピザが宝石になるなんて、リアルわらしべ長者かよ」
思わず突っ込む。
なんとも夢がある話だなぁ。

「ありがとうございます、白狼さん……」

山に向かって一礼し、今日の畑作業をはじめることにした。

＊＊＊

山暮らし33日目。

「ふわぁ……良い気持ちだなぁ……」

木漏れ日を全身で受けながら、う～んと大きく伸びをした。

マイナスイオンたっぷりの森の香りが胸の中に広がる。

今日はモチたちと一緒に家を出て、のんびり御科岳の中を散歩している。

導水管をたどっていき、今は小川のほとりでまったり中だ。

御科岳には登山路がないから、いつもこうやって導水管を頼りに散歩しているんだよね。

散歩しに裏山に行ったら遭難しましたなんて、目も当てられないし。

まぁ、いざとなったら一緒にいる相棒たちが帰り道を案内してくれるんだけどね？

「くわっ」

「がー」

「ががが っ！」

のんびりムードの僕とは違って、アヒルちゃんたちは小川の中でお魚さんたちと格闘中だ。

すでに3匹くらい捕まえていて、「これあげる」と僕のところに持ってきてくれた。

電波が届いてないからスマホで魚の種類は調べられないけど、賢いアヒルちゃんたちが捕まえてきた魚だからきっと美味いはず。

……多分。

しかし、小川のせせらぎを聞きながら歩くのってすごい気持ちがいいな。

水辺だから、心なしか涼しくて過ごしやすいし。

これぞリラクゼーション効果ってやつだよね。

勘吉さんから魚釣りを勧められたし、ここでやっても良いかもしれないな。

「ぐっ、ぐっ」

なんて考えていたら、魚を咥えたポテがやってきた。

また僕にプレゼントしてくれるのかな……と思ったんだけど、突然、明後日のほうを見てピタリと固まった。

「くわ？」

「ん？　どした？」

「……がー」

なんだか林の中をじっと見て警戒しているように思える。

な、なんだろう。

飼い猫がいきなり虚空《こくう》を見つめるみたいな感じで怖いんですけど。

もしかして、獣とか？

山の中に住む危険な獣といえば、イノシシやクマ……。

ひゅっと背中が寒くなる。

「よし。避難しよう」

なにかが起きてからじゃ遅いからね。

そうして、沢で遊んでいるモチたちを呼ぼうとしたときだ。

ガサガサッと茂みが激しく動き出し、中から不気味な生き物が現れた。

宇宙服みたいな防護服を着た人間——と思わしきもの。

ちょっと想像してみて欲しい。

誰もいない山の中から、突然、宇宙服姿の見知らぬ人間が現れた場面を。

ハッキリ言って、意味不明すぎてめちゃくちゃ怖い。

石化したように固まる僕。

森の中に、不気味な呼吸音が響く。

「シュコー……シュコー……」

「……ぎえええええっ!?」

「ぐわわわっ⁉」

ポテが僕の声にびっくりしてボテッとすっ転んだ。

か、可愛い！

――じゃなくて、早く逃げないと！

アヒルちゃんズを両脇に抱きかかえ（正確にはモチだけ頭の上に乗せて）脱兎《だっと》のごとく走り去る。

全身の毛が逆立ち、大粒の汗がにじみ出る。

必死に走りながら、脳裏に浮かんだのは勘吉さんの言葉。

――奇妙な鳴き声がしたら山に入るな。

「あ、あ、あ、あれはきっと、黄泉の世界からやってきたオバケだっ！」

多分きっと、絶対そうに違いない！

途中で木の根にひっかかって転けそうになってしまったけど、導水管を頼りになんとか無事に家に到着することができた。

「はぁはぁ……ひぃ……」

這々《ほうほう》の体でリビングにあがり、アヒルちゃんたちをそっとソファーに下ろす。

努めて冷静に、深呼吸して呼吸を整える。

「……よ、よし」

気持ちが少し落ち着いたところで縁側に向かい、カーテンの端からそっと外を見た。

誰もいない、いつも通りの庭。

裏口の扉も閉まったまま。

「……あのオバケは追いかけてきてないな？」

いや、あれが本当にオバケだったのかはわかんないけど。

でも、山の中で宇宙服を着てるなんて、普通じゃないよね？

そのとき、家の呼び鈴がけたたましく鳴った。

「……っ⁉」

全身にゾワッと鳥肌が立つ。

まさか、あの宇宙服オバケ⁉

律儀《りちぎ》に呼び鈴を鳴らしてくるとか、逆に怖いんですけど。

チャイムの余韻が消え、家の中に静寂が戻る。

息を殺してじっとしていると、再び呼び鈴が。

「くわ〜っ！」

「あ、こらっ……！」

ま、まずい。

慌ててテケテケの口を押さえた。

でも、絶対聞こえちゃったよね？
ううう、仕方ない。
怖いけど、確認しに行くか。
抜き足差し足、恐る恐る玄関に行ってドアを開けた。
だけど――。
「……あれ？　誰もいない」
玄関先には誰もいなかった。
おまけに門扉は閉まったまま。
今のチャイム、気のせい――ってわけじゃないよね？
「くわっ！」
首をかしげていたら、縁側のほうからアヒルちゃんの声がした。
嫌な予感。
もしかして、庭のほうに回られていた⁉
慌ててリビングに戻ったけれど、アヒルちゃんたちの姿はなかった。
まさかと思って縁側に出て、カーテンを開ける。
すると、庭でアヒルちゃんを捕まえようとしている宇宙服の姿が。
「な、なな、なにをしてるんだ⁉」

このオバケ……まさか、ウチのアヒルちゃんたちを食べるつもりか⁉

そうはさせない、と助けに入ろうとしたんだけど。

「あっ！　ご、ここ、ごめんなさいッス！」

「……え？」

女の人の声？

それも、どこかで聞き覚えがあるような……。

「可愛いアヒルちゃんたちが縁側から出てきたから、ついナデナデしちゃいたくなっちゃって……すみませんッス！」

ヘルメットを脱いで、深々と頭を下げる宇宙服さん。

見覚えのある綺麗な金色の髪が、さらりと風になびいた。

「あっ」

「……ああっ⁉」

僕だけじゃなく、顔をあげた宇宙服さんも唖然としていた。

「キ、キミは、この前のギャルさん⁉」

「ホームセンターで助けてくれたイケメンさんだ！」

僕たちふたりの声が山の中に響く。

ギャルさんに抱きかかえられているポテが、「んが⁉」と、ちょっと間抜けな鳴き声をあげ

た。

＊＊＊

他人の空似かなと思ったけど、やっぱりあの子だ。

先日、ホームセンターで大量の日用品とかお酒とかを買っていた、防護服姿の女の子……。

今日は宇宙服なんだな。

なんでウチにやってきたのかとか、どうして宇宙服を着てるのかとか色々疑問のオンパレードになってしまったけど、とりあえず家に上がってもらうことに。

「いきなりお邪魔してすみませんッス」

「いえいえ。あまり綺麗じゃないですが、どうぞ」

「失礼するッス」

ペコリとお辞儀をして家にあがるギャルさん。

礼儀正しい子だなぁ。

靴もしっかり揃えてるし、僕のほうがズボラだと思う。

……彼女を見習って靴を揃えとこ。

「うわっ、おしゃれな家ッスね！」

リビングを見て、ギャルさんが驚きの声をあげる。

「もっと古民家っていうか、古い感じの内装かと思ったんスけど……イケメンさん、センスもあるんスね」

「あ、いや、これは僕のおじいちゃんがやったんですよ。ここ、元々おじいちゃんが住んでて」

「へぇ～、そうなんスね！　おじいちゃん流石ッスね！　さすおじッス！」

「そうなんです……え？　さすおじ？」

なにが流石？

「と、とりあえず、テーブルにどうぞ……」

ソファーはアヒルちゃんたちが占拠してるし。

ギャル子さんは「失礼するッス」と頭を下げると、モゾモゾと体を動かして宇宙服みたいな防護服を脱ぎ出した。

あ、そこで脱ぐんですね。

もう少し恥じらいを持って別の部屋とかで着替えてくれたら助かるんだけど。

ほら、目のやり場に困るっていうか。

「よっ……と」

ギャルさんは手慣れた動きで宇宙服を脱ぎ、私服姿になる。

可愛いクマちゃんがプリントされたサイズが大きめの黒いシャツに、デニムのホットパンツ。

実に小洒落《こじゃれ》た格好だ。

しかし、やっぱりこんな田舎には似つかわしくない、モデルみたいな雰囲気の子だな。

かなり暑かったのか、結構汗をかいている。

シャツが汗を吸って、ボディラインがくっきりと――。

「タ、タタ、タオル、持ってきますね！」

「あっ、ありがとうございます。てか、めちゃめちゃ気が利くッスね！　流石イケメンさん！」

ギャルさん、ニッコリ笑顔。

一方の僕、恥ずかしくてうつむいてしまう。

この子、思ったことを口に出せるサバサバとした感じの子なんだな。

なんていうか……うらやましい。

僕もそんなふうにズバズバ言えたら、ストレスを抱えずに済んだかも。

洗面所に行ってタオルを取り、キッチンで冷えた麦茶を入れてダイニングに。

夏はまだちょっと遠いけど、僕は一年中冷えた麦茶を飲みたいタイプなので、毎日作っているのだ。

「どうぞ」

「……えっ、麦茶まで⁉　マジ嬉しい！　見た目からはわからないかもスけど、実はこの格好……めちゃめちゃ暑いんスよね！」

「いや、想像に難くないッス」

「……ぶはっ！　あたしのマネしないでくれます？　マジウケる～」

ケラケラと笑い、腰に手を当てて麦茶を一気飲みするギャルさん。

ご、豪快だなぁ。

これはおかわりを用意したほうが良いかもだな。

冷蔵庫から麦茶ポットを持ってきて、ようやく席に座ることに。

「ええと、はじめまして……でもないんですけど、御神苗アキラといいます」

「あ、えと、あたしは神埼《かんざき》しのぶです。ドも……ッス」

二杯目の麦茶を口にしようとしたギャルさんこと神埼さんが、身を正してペコリとお辞儀をする。

微妙な感じになった空気の中、神埼さんはコクコクと静かに麦茶を飲む。

「……」

沈黙。

さ、さっきの豪快さはどこに行ったの？

重い空気に押しつぶされそうなんですけど。

僕にこの空気は地獄すぎる……。

追い立てられるように、口を開く。

「あ、あの、どうして神崎さんは宇宙服を？」

「えっ？」

「そ、その服です。山の中でどうしてそんな服を着てるのかなぁと……」

「ああ、これか！　えへへ、あたしって虫が嫌いなんスよね～。だから山の中を歩くときはいつもこの格好なんス！」

「……へぇ」

山の中を歩くことが結構あるのか。

ホームセンターでもゴム製の防護服に身を包んでいたし、相当虫が嫌いなのかもしれないな。ていうか、虫嫌いなのに山の中の住んでるんだな……。

「ご自宅がこの近くに？」

「そうッスよ。ここから歩いて……ええと、時間は良くわからないけど、隣の山に別荘を持ってて、そこに住んでるッス」

「へぇ、別荘ですか！　良いですね」

そういうの、あこがれるなぁ。

普段は都会に住んでて、たまにこっちに来るって感じなんだろうな。

だけどこの若さで別荘だなんて、相当お金持ちじゃない？

「アキラさんはずっとここに住んでるんスか？」

「ちょっと前まで都内に住んでたんですけど、会社を辞めてここに引っ越してきたんです」

「あ！　あたしと似てる！」

嬉しそうに神埼さんが続ける。

「あたしも少し前にここに引っ越してきたんスよね。仕事はファッションデザイナーをやってて、データでやりとりしてるんで山暮らしでも平気なんスよ」

「えっ、デザイナーさんなんですか？」

「そうッス！　アパレルメーカーさんと、いくつか契約結んでるッス！　イエイ！」

神埼さん、ダブルピースでニッコリ。

す、すごい！

デザイナーさんなんて初めて会った！

なるほど、だからそんなおしゃれな格好してるんだな。

最近はテレワークが普及してるし、地方を拠点に仕事をしている人も珍しくない。デザイナーみたいな職業だったら、ピッタリだろう。

「この麦茶、市販のやつッスか？」

神埼さんが、グラスを物珍しそうに眺めている。

「なんだかめちゃめちゃ美味しいんスけど……」

「あ、それは山の湧き水で作ってるんですよ。裏の山から自宅まで湧き水を引いてて」

「へぇ！　そうなんスね！　把握〜」

ゴキュゴキュゴキュ……ぷはぁ〜〜。

本日、三杯目の麦茶を飲む神埼さん。

うん、実に美味しそう。

見ていて気持ちいいくらいの飲みっぷりだけど……そろそろ本題に入りたいな。

「あの、それで、本日はどのようなご要件で？」

「……あっ、そうだった！」

はっとする神埼さん。

「この家に御科岳を管理してる人が住んでるって話を役場で聞いてきたんスけど、伝えておきたいことがあって」

「伝えておきたいこと？」

「そう！　だけど、まさか管理人さんがこの前のイケメンさんだとは思わなくて！　あのときはありがとうございました！　これは運命かもしれないッスねぇ〜……えっへっへ」

神埼さん、ニヤケる。

こんな可愛い子に運命だなんて言われたらドキッとしそうなものだけど、ロマンスのかけらも感じないのはなぜだろう。

出会い方が普通じゃなかったからかな？

また話が逸れていることに気づいた神埼さんは「話を戻すッスね」と付け加えて続ける。

「実はあたしの別荘の近くで、変な動物を見かけたんスよね。だから注意喚起と言いますか、情報共有しておいたほうが良いなと」

「変な動物？」

「そ」

そう言って、神埼さんはスマホの画面を見せてくれた。

どうやらその変な動物の写真を撮ったらしい。

だけど、画面には、なにやらお友達と楽しくお酒を飲んでる神埼さんの写真が出ていて。

「……あ、これは違う写真だった。てへぺろ」

スッとスワイプさせる。

続けて出てきたのは、地面に寝っ転がって幸せそうに笑ってる神埼さんの写真。多分さっきの写真の続きだな。

「あはは、ちょっとこれ見てくださいよアキラさん。このとき、ワインボトル５本くらい空けちゃって、途中から記憶がないんスよね～」

「それはすごい」

どう反応して良いのかわからないので、とりあえず褒めておいた。

この子、話がめちゃくちゃ逸れまくるな。

だけど、すごく楽しそうに話すので、なんだかツッコミにくい。

本題に戻してくれ！　と視線で訴えかけていたら、ようやく気づいてくれた。

「……ごめんなさい、また話が逸れちゃった」

慌てて画面を何度かスワイプさせ、こちらに差し出してきた。

ブレブレになっているけど、なんだか白い生き物が写っている。

それを見て、ピンときた。

これってもしかして――。

「白い狼ですか？」

家の庭に来てくれるあの白狼さんのように思える。

隣の山に出張しちゃったのかな？

だけど、神埼さんは小さく首を横に振る。

「いえ、狼じゃないッスよ。あたしが見たのは、なんていうかこう大きいトカゲっていうか……そう！　ドラゴン！」

「ドッ、ドラゴン!?」

冗談でしょ……と思ったけど、僕にも身に覚えがあった。

そういえば、山の向こうの変な景色を見たとき、空をトカゲみたいな生き物が飛んでたっけ……。

え？　もしかして、あれがこっちに飛んで来たとか？

「神埼さんって、御科岳の向こう側を見たことあります？」

「御科岳の向こう側？　いや、ないッスね。だって御科岳に来たのも初めてッスから。何かあったんスか？」

「実は変な景色が広がってたんですよね。西洋風のお城があったり、空を変なトカゲが飛んでたり……」

「トカゲ……あっ！　あたしが見たドラゴン⁉」

喜々とした表情を浮かべる神埼さん。

だけど、すぐに訝しげな顔をする。

「いやでも、ちょっとありえなくないスか？　ドラゴンが空を飛んでるとか、ファンタジーの世界かよ！　的な！　あっはっは、マジウケる」

神埼さんが、ケラケラと笑い出す。

だけど、真顔のままの僕を見てなにかを察したのか、笑顔と一緒にごくりと息を呑《の》んだ。

「……アキラさん、マジで言ってます？」

「大マジです」

冗談みたいに聞こえるけど。

「御科岳の麓に叔父が住んでるんですけど、昔から『奇妙な鳴き声が聞こえたら決して山に入るな』って言われてたみたいなんですよね」

「き、奇妙な鳴き声……？」

「はい。それに、御科岳の名前の由来って、オバケ山らしくて」

「……それ、マ？」

「マです」

「……」

再び重〜い空気がリビングを包み込む。

ソファーの上でくつろいでいたモチが「くわ……」と大きなあくびをした。

同時に、ググウ……となにかが鳴る。

ババッと、光の速さで神埼さんがお腹を押さえた。

「い、今、奇妙な鳴き声が聞こえた……っ!?　オバケ!?」

「……」

つい、胡乱《うろん》な目で見てしまった。

それって奇妙な鳴き声じゃなくて、あなたのお腹の音ですよね？

ふと時計を見たら、正午を回っていた。

お昼ご飯の時間だ。

「何か食べていきます？」

「はい、喜んで～！」

間髪入れず、元気よく挙手をする神埼さん。

つい笑ってしまった。

数秒前まで深刻な雰囲気だったのに。

この子って、本当に良い感じでサバサバしてるなぁ～。

＊＊＊

「はい、どうぞ」

「うわっ⁉　なんスかこれ⁉」

「僕お手製のお稲荷《いなり》さんです」

持ってきたのは、たっぷり山菜入りのお稲荷さん。

一昨日ピザを食べすぎて、あっさりした和食が食べたいなと思って何パターンか作ってみた。

まず、山菜お稲荷さんに、ニンジンと千切りタケノコ入りの野菜お稲荷さん。

お次に、高菜にひじきの煮物を入れた惣菜《そうざい》お稲荷さん。

見た目は同じだから、どれが当たるかは運次第。

「せっかくなので縁側で食べましょうか。風が気持ちいいんですよね」

「おけ丸水産！」

というわけで、縁側に向かう。

さっきまで寝てたモチたちが、ピッタリと後ろについてきた。

こいつらは本当に目ざとい。

まぁ、モチたちの分も用意してるんだけどね。

「では、いただきます」

「いただきますッス！」

手を合わせてから、パクリと頬張る。

「……う、う、美味いっ⁉」

神埼さんが歓喜の声をあげた。

「これは……タケノコっスかね⁉　うわ～、めちゃめちゃ美味しいっ！」

「野菜のお稲荷さんですね。これは……あ、惣菜お稲荷だ」

お米がふっくらとしていて、高菜の塩気と良く合っている。

山水を使って炊いているおかげか、白米がすごく美味しいんだよね。

なんの料理を作っても成功するっていうか。

「くわっ、くわっ」

「がー」

「ぐわわ、イタダキマス」

ちょこんと座ってから、静かに食べはじめるアヒルちゃんたち。

あれ？　なんだか今日は行儀が良くない？

いつも我先にとがっつくじゃん。

もしかしてお客さんが来てるからとか？

それを見て、神埼さんもニッコリ。

「ふふ、お行儀が良いアヒルちゃんッスねぇ〜。美味しい？」

「くわっ！」

「あはは、良い返事っ！」

ナデナデしてもらい、ご満悦のテケテケさん。

勘吉さんの家に行ったときも思ったけど、アヒルちゃん……特にオスのテケテケって女の子にすぐ懐くんだよね。

可愛さを最大限利用しててズルい。

「しっかし、賢可愛い《かしこかわい》アヒルちゃんたちッスね」

「賢すぎてちょっと怖いくらいですけど」

「この子たちって、昔からこの家にいるんスか？」

「それがわからないんですよね。この家に引っ越してきたときはいなかったんですけど、突然庭に現れて、住み着いちゃって」

「へぇ……そうなんスね。あたしが見た変な動物もこの子たちみたいに可愛いかったら良かったんスけど」

変な動物って、白いドラゴンのことだろう。

正体はわからないけど、ドラゴンよりアヒルちゃんのほうが良いよね……。

ドラゴンとか、人も食べちゃいそうだし。

お稲荷さんを頬張りながら、神埼さんがしみじみと続ける。

「これ、ほんと美味しいッスね。アキラさんってイケメンだけじゃなく料理もできるなんて、マジ尊敬」

「そ、そうですか？　前はそこまでじゃなかったんですけど、ここに来てから妙に料理が美味しくなって。多分、山の水のおかげだと思います」

「いやいや、アキラさんのココっスよ」

神埼さんがペシペシと腕を叩く。

ちょっと恥ずかしくなっちゃった。

神埼さんってば褒め上手だなぁ。

「しかし、美味しすぎてお酒が欲しくなるッスねぇ」

「あ、ごめんなさい。お酒ないんですよ」

「……え？　あっ、いや、そういう意味じゃないッス！　ごめん」

肩をすくめる神埼さん。

確かにお酒が欲しくなる味かもしれないな。

だけど、食べ物はあるけど、お酒は買ってきてないんだよね……。

ひとりで飲む習慣がないし。

こういった場面で出せるように買っておいたほうが良いのかな？

「次にいらっしゃったときに飲めるよう、取り寄せておきますね」

「……えっ、マジっスか？」

「はい。なにか好きなお酒とかありますか？」

「芋焼酎！　イエイ！」

ニッコリダブルピースの神埼さん。

し、渋いところをチョイスするな〜。

かなりのお酒好きと見た。

満足してもらえるように、良いお酒を頼んでおこう。

そんな話をしている僕らをよそに、モチたちはペロリとお稲荷さんを平らげて庭に出ると、どこかへとヨチヨチと歩いて行った。

午後の見回りだろう。

おやつの虫探しかもしれないけど。

「てか、アキラさんってすごくニュートラルな人ッスよね」

「……え？　ニュートラル？」

首をかしげてしまった。

どういう意味だろう？

「あんまりグイグイ来ないっていうか、言葉の裏がないっていうか。めちゃめちゃ接しやすいッス」

「そ、そうですかね？」

「そうッスよ！　あたしの周りにいたやつらって、み～んな『大人ってこうあるべきだ』とか、『女性とはこうあるべきだ』とか、古臭い固定観念を持ってる人ばっかだったし。たまに、あたしのこと理解してるなって感じの人が来たと思ったら、下心全開だったり！　マジ勘弁！」

「そ、それは嫌ですね」

「でしょでしょ⁉　だから人付き合いが面倒になって山暮らしをはじめたんスけど、アキラさんって今まであたしが会ってきた人たちとは違う匂いがして、すごく良いッス！」

「あ、ありがとうございます」

これは喜んで良い……のかな？

僕自身もできれば不要な人付き合いから避けたいから、神崎さんが言う「ニュートラル」な感じになってるんだと思う。

近すぎず、遠すぎずっていうか。

それが良いと言われるなんて思わなかったけど……。

だけど、バリバリの現代人っぽい神埼さんも、僕と似たような理由で引っ越してきたなんて驚きだな。

見た感じからして、めちゃくちゃ人付き合いが好きな陽キャっぽいのに。

それから1時間くらいまったりして、神埼さんは帰宅することに。

変な動物の件は勘吉さんに伝えて、周囲に注意喚起してもらうつもりだ。

まぁ、素直に「隣山でドラゴンの目撃情報があった」なんて言えないから、言葉を濁してね。

「ごちそうさまでした、アキラさん」

「いえいえ。こちらこそお粗末様でした」

「少し遠めのお隣さんとして、今後ともよろしくお願いするッスね！」

「はい、こちらこそ」

人付き合いは苦手だけど、お互い山暮らし初心者だからね。

「次に会うときは、お酒で乾杯ですかね？」

「そうッスね！　えっへっへ」

嬉しそうに笑う神埼さん。

「では！」

神崎さんがシュタッと片手で合掌をして立ち上がる。

そのままホームセンターのときみたいに颯爽と帰るのか——と思いきや、リビングに戻って
ゴソゴソと宇宙服を着はじめた。

あ、それ、ちゃんと着て帰るんですね。

相当、虫が嫌いなんだなぁ……。

＊＊＊

昨日、神崎さんが帰ってから、とある失敗に気づいた。

僕たち、連絡先を交換してないじゃん。

これじゃあ、お酒が届いても連絡できないよ……。

世間の人なら速攻で連絡先を交換するんだろうけど、人付き合いを避けていた弊害がこんなところに出てしまうなんて。

ちょっと反省。

ていうか、神崎さんも気づかなかったのかな？

「まぁ、次に会ったときで良いか」

多分、またすぐ会いそうな気がするし。

だから深くは考えない。

それが山暮らしの掟《おきて》……ってことにしとこう。

てなわけで、今日は朝から庭の掃除をすることにした。

ホウキで落ち葉を集めたりするだけだけどね。

草むしりはやらない。

だって雑草は生えてないし。

ここで生活をはじめて一ヶ月くらい経つけど、本当に生えないんだよね。

畑はほっとくとすぐに雑草ジャングルになるのに。

本当に不思議すぎる。

とにかく、草むしりをしなくて良いのは助かるんだけど、周囲の山から落ち葉は沢山飛んでくる。

池にも大量の落ち葉が溜まってるし。

春でこの量なんだから、冬になったら庭が落ち葉で埋め尽くされるんじゃなかろうか……。

う～ん、今からちょっと不安だな。

そうならないためにも、定期的に掃除しておいたほうが良いよね。

「でも、集めた落ち葉ってどうしよう？」

前は燃えるゴミで出しちゃったけど、ゴミの袋もタダじゃない。

庭で燃やせれば楽なんだけど、火事になったら大変だよね。

何かこう、簡単に処理できる方法があれば良いんだけど――。

「……困ったときの、スローライフマニュアル」

縁側でぼそっとひとりごちる。

なんだかお決まり文句になってきた。

書斎からおじいちゃんのノートを引っ張り出す。

「あ、やっぱり書いてたよ」

落ち葉処理なるタイトルで、事細かく書かれていた。

おじいちゃんも苦労していたのかもしれない。

ひと通り読んでみたところ、集めた落ち葉は堆肥に使ったり、分解時の熱を使って踏み込み温床にして、野菜の育苗を促進させたりするっぽい。

「……へぇ、そうやって早く育てることができるんだ」

環境にも優しいし、すごく良い気がする。

ゴミもなくなるし、一石二鳥だ。

「よし、早速やってみよう」

納屋からホウキ……ではなく、竹でできた熊手（柄の先に爪状の割いた竹を扇状に並べたもの）を納屋から取り出して集めてみることに。

落ち葉集めは初めてだったけど、意外と簡単にできた。

ササッと地面をかいただけで面白いように落葉が取れるし、力を抜くと引っかかることなくスッと落ちる。

僕が上手いんじゃなくて、この熊手がすごいのか？

「ぐっ、ぐっ」

「……お？　モチも手伝ってくれるの？」

「ぐわっ！　ぐわっ！」

まかせろと言いたげに、翼を羽ばたかせるモチさん。

実に頼もしい。

でも、どうやって集めてくれるんだろう？

賢いといっても、流石に熊手は使えないよね？

興味津々で観察していたら、ドタドタと庭の端っこに行って、翼をバタバタとさせながら風を起こし、器用に落ち葉を集めはじめた。

す、すごい。

方法が予想外すぎて、軽くショックを受けちゃったよ。

これは僕も負けてられないな。

しばらくするとポテとテケテケもやってきて、みんなで落ち葉集めをやることに。

彼らのおかげで、掃除は30分くらいで終了。

集めた落ち葉は、納屋の前で、こんもりと山みたいになっている。

マニュアルによると、集めた落ち葉は山状じゃなくて筋状にしておくと良いらしい。山が高くなると風で飛ばされやすくなるんだって。

温床を作るには、板で囲ったスペースを作って、そこに落ち葉を入れて踏み込んでいく必要がある。

だけど、それは午後からだね。

とりあえずこんもり状になった落ち葉の山を筋状にして――。

「……ぐわっ！」

アヒルちゃんの声。

一体どうしたんだろうとそっちを見ると、ダッシュしてきたテケテケが落ち葉の山にダイブするところだった。

バサバサッ、ズボッ。

集めた落ち葉が、一瞬でぐちゃぐちゃに。

「くわっ！」

続けてポテ。

ズボッ。

バサバサッ！

「がー！」

最後にモチ。

ドサッ。

バタバタッ！

「くわっ、くわっ」

「がーがー」

「ぐわ、ぐわ、ぐわ」

キャッキャと楽しそうにはしゃぎまわるアヒルちゃんたち。

またたく間に、落ち葉の山は見るも無惨な姿に。

風に乗って、再び庭の隅々まで飛んでいく。

ええと、あの、アヒルのみなさん？

お楽しみのところ悪いんですけど……せっかく集めた落ち葉を散らかさないでくれますか
ねぇぇぇぇ!?

＊＊＊

結局、掃除は15時くらいまでかかってしまった。

またモチたちの遊び道具になっちゃうのを避けるために先に温床用のスペースを作ったり、遊ぶ用の小さい山を別に作ることになったからだ。

いやね？　遊び用を作る必要性なんて全くなかったよ？

だけど、モチたちがひどくがっかりしたような顔をしてたからさ……。

「モチたち、もう落ち葉にダイブできないん？（ウルウル）」みたいな心の声が聞こえちゃったんだよ……。仕方ないじゃん……。

予定より時間かかっちゃったし、ひとりでやってたほうが良かった感がそこはかとなくある。

遅めのお昼ご飯を食べて縁側でまったりしていると家の呼び鈴が鳴った。

玄関に出てビックリ。

宇宙服を着た神埼さんだった。

「シュコー……シュコー……コンニチハ……」

「……こ、こんにちは」

ドキドキドキ。

やっぱり怖い。

心臓に悪いから、普通の格好で来て欲しい。

宇宙服を脱いでもらって、リビングに。

しかし、一体どうしたんだろう？

昨日の今日でまた来るなんて――。

「あの、お酒はまだ届いてないですよ？」

昨日、Ｍａｍａｚｏｎで芋焼酎は注文したけど。

「……え？　マジで注文してくれたんスか？　アキラさん、めちゃめちゃ良い人じゃないッスか！　マジウケる」

あっはっは、と笑う神埼さん。

あれ？　もしかしてあれって、社交辞令的なやつだった？

ほら、今度行けたら飯に行こう……的なさ。

「えと、それで今日は？」

「はい！　昨日のお稲荷さんのお礼をしたくて来たッス！」

「……お礼？」

神埼さんが持っていたカバンの中から取り出したのは、小さいサイズのリボンやバッグだった。

すごく可愛いけど、僕が使うにしては小さい気がする。

「なんですかこれ？」

「あたしが作ったアヒルちゃんたちのアクセッスよ」

「アクセ」

って、アクセサリーのこと？

「ほら、アヒルちゃんって見た目が一緒でしょ？　だからアキラさんも区別しにくいんじゃないかなって思って」

「あ～、なるほど」

最近は少しずつ区別がつくようになってきたけど、パッと見で判断するのは難しいことがある。

だから、区別しやすいアクセサリーとかがあったらすごく助かるな。

あと、見た目がさらに可愛くなりそうだし。

「ちなみに、どれが誰のとかあるんです？」

「もちろんッスよ！　女の子のモチちゃんにはこれッスね！　ブチカワ！」

「おお、可愛いリボンだ」

細かい刺繍《ししゅう》が入ったピンクのリボン。

実に女の子らしい。

モチモチしたモチに、良く似合いそうだ。

「こっちは、ポテちゃんに」

青のスカーフ。

星の刺繍が入っている。

これも可愛いな。

「テケテケちゃんには……はいこれ。赤いバッグ～！　てってれ～ん！」

「ほほ～」

まるで郵便局の人が使ってそうな真っ赤なバッグ。

好奇心旺盛で、いつも走ってるテケテケにピッタリすぎる。

というかどれも可愛いし、しっかりした作りなんだけど……一日で作るってすごくない？

「……ぐっ？」

「お、良いところに」

丁度モチたちがやってきたし、ファッションショーでもやってみようか。

1羽ずつ、アクセサリーをつけていく。

ピンクリボンのモチ。

青スカーフのポテ。

赤いバッグのテケテケ。

「……こ、これは可愛いっ！」

「うお～、可愛すぎてヤバい！　これは我ながら良いセンスしてるッスね！」

な、なんだコレ。

サイズもピッタリだし、めちゃくちゃ可愛い。

てか、いつの間に採寸してたんだろ？

不思議そうにアクセサリーを見ていたアヒルちゃんたちだけど、すぐに気に入ったのか「くわわっ」と元気よく鳴いた。

「おっ？　気に入ってくれたッスか？」

「ぐわっ！」

「がーがー！」

「アリガトぐわっ！」

「あはは！　アリガトだって！　超ウケるんですけど！」

ケラケラと笑う神埼さん。

アヒルがしゃべったら普通ビックリするところだと思うんだけど、流石はギャルさんだなぁ。順応力がすごい。

アヒルちゃんたちにアクセサリーを作ってもらったお礼として（お礼のお礼って変だけど）、改めてお酒を一緒に飲む約束をした。

注文した芋焼酎が届いたらすぐに連絡できるよう、ＬＩＮＫＳのＩＤもしっかりと交換。

よくよく考えると、山暮らしをはじめて最初のお友達だよね？

人付き合いを避けるためにこっちに来たのに、友達を作るっていうのはちょっと変な話だけど。

同じ理由で山暮らしをはじめた神埼さんなら大丈夫だろう。

ほら、程よい距離感があるっていうかさ。

まぁ、宇宙服でいきなり現れるのはやめて欲しいけど……。

「じゃあね、アキラさん、アヒルちゃん！　また今度ッス！」

「はい、お酒が来たら連絡しますね」

「了解ッス！」

神埼さんはいつものように颯爽と帰っていった。

そんな彼女を見送ってから、改めて可愛くなったモチたちを見る。

「しかし、良く似合ってるな。さらに可愛くなったし、本当に良いプレゼントを――」

と、とあることに気づく僕。

「ちょっと待って？　これって……僕へのお礼じゃなくて、アヒルちゃんへのお礼じゃない？」

「ぐっ」

「だよね？　モチ？」

だってほら。僕、なにももらってないし。

や、モチたちがさらに可愛くなったし、誰が誰だか一発でわかるようになったのはすごくありがたいんだけどね？

「なんていうか……神埼さんっぽいよね。あははは」

「くわわっ、ソウダナ〜」

思わずモチと一緒に笑ってしまう僕なのだった。

＊＊＊

山暮らし35日目。

今日は軽トラに乗って、アヒルちゃんたちとお出かけ。

目的地は麓の町——勘吉さんの家だ。

少し前に約束していた、ジャガイモの収穫のお手伝いがある。

今日は静流さんのお兄さん……つまり、僕の義理の伯父《おじ》にあたる静二《せいじ》さんもお手伝いに来るみたい。

農家の収穫のお手伝いは初めてだから、ちょっとドキドキ。

でも、頑張らなきゃ。

助けてもらってばかりだし、張り切って収穫を手伝うぞ。

肉体労働は意外と得意だからね！

——と気合を入れてやってきたものの、ジャガイモの収穫は手作業じゃなくて機械を使ってやるっぽい。

肩透かしを食らっちゃった。

「これが自走式馬鈴薯《ばれいしょ》収穫機だよ」

麦わら帽子をかぶった勘吉さんが、少しドヤ顔でジャガイモ収穫機を紹介してくれた。

ジャガイモ収穫機はかなり大きい機械で、先頭に小さいタイヤがついていて地面を掘りながら進んでいくらしい。

掘り起こしたジャガイモは機械についているベルトコンベアに乗って、後ろにあるカゴの中に運ばれる……っていう寸法だ。

それで僕はなにをするかというと、機械のサイドに乗ってジャガイモから土を落としたり残った根を切り落としたりするみたい。

なかなかに大変そう。

「ちなみに、馬鈴薯ってどういう意味なんです？」

「ジャガイモの別称だよ。馬につける鈴に似てるから中国でそう呼ばれてたんだって」

「へぇ～！」

全然知らなかった。

ジャガイモさんってば、そんな歴史のある別称があったんだな。

てなわけで、早速、馬鈴薯ことジャガイモの収穫作業をはじめることに。

エンジンを入れるとズゴゴゴッとすごい勢いで土が掘り返され、ベルトコンベアで続々とジャガイモが運ばれてくる。

「お、おお……すごい」

「ほら、アキラくん！　来たよ！」

逆側サイドに乗っている静流さんが声を張り上げる。

「スピードが命だからね！　ジャガイモが来たら、こう！」

「は、速い……っ!?」

静流さんが目にも止まらぬ速さでジャガイモの土と根っこを取り除いてカゴの中に入れる。

さ、流石農家のお嫁さん……。

熟練度が違う。

彼女を参考にしてやってみたけど、スピードが明らかに違う。

僕がひとつ終わらせる間に、3つくらいやっちゃってるし……。

が、頑張らねば。

「しかし、広いですね～」

勘吉さんの農地を見ながら、ふとそんな言葉が口から漏れた。

僕の家にある畑とは比べ物にならないくらい広い。

や、本場の農家と比べるなって話だけど。

「ウチの畑は3ヘクタールだから特段広いってわけじゃないけど、収穫用の機械が来てからずいぶん楽になったんだ」

勘吉さん曰《いわ》く、機械が来る前は手で掘る人海戦術で収穫していたみたいだけど、かなり大変だったらしい。

本職の勘吉さんが大変って言うくらいだから、相当だったんだろうな。

想像しただけで腰が痛くなる。

収穫は手作業じゃなくて機械を使うんだ……って初めはちょっと残念に思っちゃったけど、大きな間違いだったかもしれない。

ありがとう、馬鈴薯収穫機さん。

「ぐっ、ぐっ」

「ん？」

赤いバッグを下げたテケテケが、静流さんの隣で根っこ取りをしている義理の伯父の静二さんのところにやってきた。

器用にくちばしでバッグを開け、小さいジャガイモを取り出す。

「……お？　ジャガイモ持ってきてくれたのかい？」

「がー」

「ありがとう。ふふ、可愛いねぇ」

静二さんが目尻に深いシワを作る。

一方の僕は目をパチクリ。

テケテケってば、早速バッグを活用してるよ……。

流石はウチのアヒルちゃんだ。賢いがすぎる。

……まぁ、そのジャガイモは小さすぎて商品にならないやつなんだけどね。

もちろん静二さんもわかってるんだけど、アヒルちゃんたちが殺人的に可愛いので、邪険にはできないのである。

可愛いは正義！

——なんてやってると、あっという間に正午を回った。

昼食をはさんで、今度はジャガイモのサイズ選定を手伝うことに。

勘吉さんたちは引き続き、畑でジャガイモ収穫作業。

今日一日で終わるのかと思ったけど、ここから数週間くらい毎日収穫作業があるんだって。

勘吉さんの農地くらいだとそれくらいで終わるけど、広い場所だと一ヶ月くらいかかるとかなんとか……。

農家さんって大変なんだな。

それから黙々とジャガイモ選定を静流さんとやって、夕方くらいに作業は終了した。

「……よし。今日はこれくらいにしておこうか。アキラくん、お疲れ様」

「はい、お疲れ様でした」

汗だくになっちゃったから、勘吉さんの自宅でシャワーを借りることに。

おまけで、晩ご飯もいただくことになった。

メニューは収穫したけど形が悪かったり小さかったりして商品にならないジャガイモを使ったものだ。

ポテトサラダに肉じゃが。

それに「ジャガイモシリシリ」なる料理もあった。

ジャガイモを細くスライスして、粉チーズをかけている。

実に美味しそう。

静流さん曰く、このジャガイモシリシリは沖縄の料理で、わかりやすく言えば「ジャガイモのスライス」なんだって。

すりおろすときの音がシリシリと聞こえるからそう命名されたんだとか。

作り方も教えてもらったんだけど、意外と簡単だった。

スライサーで切ったジャガイモとニンニクをフライパンで炒《いた》めて醤油《しょうゆ》で味付けし、溶き卵とチーズをかけて完成。

ホクホクのジャガイモとトロッとしたチーズがすんごくマッチしていて箸が止まらなくなった。

娘のはるかちゃんも大好きみたいで、美味しそうに食べている。

アヒルちゃんたちもガッツイてたし、お子様に大人気みたい。

……や、アヒルちゃんたちもお子様みたいなもんでしょ？

本人たちに言ったら、怒りのマシンガン突っつきされそうだけど。

でも、なんで沖縄料理が？

「実は僕の妻が沖縄出身なんだよね」

そう言ったのは、伯父の静二さんだ。

「大好物でいつも作ってもらってるんだけど、前に静流がウチに遊びに来たときにレシピを教わったみたいでさ。それから山本家でも作られるようになったってわけ」

「へぇ、そうだったんですね」

ジャガイモシリシリは静二さん家伝来のものだったのか。

勘吉さんがどこか楽しそうに笑う。

「今日、収穫の手伝いに来てくれたのも、形が悪いジャガイモをおすそわけしてもらうためなんですよね、義兄《にい》さん？」

「あはは、その通り。いつも助かってます」

「こちらこそ。いつもありがとうございます」

ふたりのやりとりに、ちょっとホッコリしてしまった。

実に仲が良さそうだ。

ジャガイモシリシリを食べながら、静二さんのことをアレコレと聞いた。

なんでもマニア並みに爬虫類《はちゅう》が好きで、奥さんの実家に帰ったときは沖縄固有種のトカゲを見に行くほどらしい。

爬虫類かぁ。

意外すぎる趣味。

あ、そうだ。トカゲ好きな静二さんだったら、神埼さんが隣山で見たっていうあの白いドラゴンの正体がわかるかも？

「そういえば隣山にドラゴ……じゃなくて、でっかいトカゲが出たみたいなんですけど、静二さん知ってます？」

「え？　トカゲ？　ホント？　写真はある？」

キラッと目を輝かせる静二さん。

「ええっと……これなんですけど」

「……う〜む。ブレブレだね。これじゃあちょっとわからないなぁ。残念」

神埼さんに送ってもらった写真を見せたんだけど、流石にわからないみたい。

「どのくらいの大きさのトカゲだったの？」

「僕が実際に見たわけじゃないんですけど、数メートルくらいあったらしいです。隣の山に住んでる方がわざわざ注意喚起に来てくれて」

「う〜ん……数メートルのトカゲって言ったら、ミズオオトカゲとかかな？　サバンナオオトカゲも大きいけど、そこまでじゃないし……というか白いトカゲってニホンヤモリか、アルビノ種か……どっかで飼っていたペットが逃げ出したのか……いや、もしかして……ブツブツ」

「あのさお兄ちゃん……いつも言ってるけど、爬虫類のことになると饒舌《じょうぜつ》になるのキモいからやめな？」

げんなりとした顔をする静流さん。

「ごめんね、アキラくん」

「いえいえ」

好きなことがあるのは良いことだと思います。

農作業中はあんまり話すことがなかったから、どんな人だろうって不安だったけど、なんだか同類の匂いがして親近感が湧いてきた。

もっと早く知っておけば良かったな〜。

「だけど、警戒はしておくべきだね」

勘吉さんが真剣な眼差《まなざ》しで続ける。

「先日アキラくんからＬＩＮＫＳで情報をもらって、すぐに仲間には伝えておいたけど、アキラくんも注意したほうが良い」

「そ、そうですね……」

「隣山で目撃されたんなら、すぐに御科岳《こっち》にも来そうだし。人を襲うことはないだろうけど、アヒルちゃんたちが被害にあうかもしれないからね」

確かにその通りだ。

体がかなり大きいみたいだし、アヒルちゃんくらい一飲みできそう。

……想像したら悲しくなってきた。

モチたちはすでに僕の生活の一部になってるし、いなくなっちゃったらしばらく立ち直れないよ。

「ぐっ？」

なんて思ってたら、心配してくれたのかモチがやってきた。

「あはは、大丈夫。なんでもないよ」

こいつは本当に可愛いんだから。

ウリウリと、全身を撫で回す。

「しかし、どうしようか？　仲間からそのトカゲの目撃情報が来たらすぐにアキラくんと共有するけど、農作業をやってたら連絡が遅くなっちゃうかもだしなぁ……」

「アキラくんに消防団に入ってもらうってのはどう？」

静流さんが良いアイデアを思いついたと言いたげに、ポンと手を叩く。

だけど、僕は首をかしげてしまった。

「消防団ってなんですか？」

「ええっと……簡単に言えば『防災ボランティア』って感じかな？」

消防団とは会社員や主婦など普段は別の仕事をしている人たちが集まる非常勤特別職の地方公務員らしい。

災害時の救助活動や山の危険動物に目を光らせるための見回りをやっているんだとか。

なるほど。現地に住んでるから土地勘もあるし、なにかあったときに迅速に動けるってわけだ。

「おっきなトカゲが出たらすぐに情報が回ってくるだろうし、消防団もキミみたいな若い人が入ってくれると助かると思うんだよね。どうかな？」

「なるほど。そうですね……」

だけど、返事を濁してしまった。

情報が回ってくるのはありがたいけど、そういう組織に属するってのはちょっとなぁ……。

だって、そういう人付き合いから離れたくて山暮らしをはじめたわけだし。

誘っていただけるのはありがたいし、山でひとり暮らしをしているからこそ、そういう繋がりが重要だってのはわかってるんだけど……。

「静流」

勘吉さんの声。

じっと静流さんを見ていた。

静流さんがハッとなにかに気づく。

「ご、ごめんなさい！　アキラくんがこっちに来た理由、すっかり忘れちゃってた！」

静流さんが深々と頭を下げる。

僕がここに引っ越してきた理由を、静流さんも知っているのだ。

「い、いえいえ。気にしないでください。消防団の件はちょっと考えておきますね。僕も御科岳に住んでる一員ですから」

「……アキラくん」

困ったように笑う静流さん。

人付き合いはできるだけ避けたいけど、やっぱり、ある程度の繋がりは持ってたほうが良いよね。

なんていうか、助け合い……っていうかさ？

現に僕も、こうして優しい人たちに助けられているわけだし。

「……よし。今日は飲もうか！」

勘吉さんがドンとテーブルに日本酒の瓶を置いた。

ビックリした。

どこから出したんですか、それ？

「飲むって、今からですか？」

「そうだ！　なんだか飲みたくなってきた！　一緒に飲もう、アキラくん！」

「ちょ、ちょっと待って？」

静流さんが慌てて止めに入る。

「今から飲むって、アキラくんは車で来てるんだし飲めるわけないでしょ？」

静流さんの言う通りだ。

今から飲むとなると、朝まで運転ができなくなる。

「今日はウチに泊まって行けば良いだろ？　ほら、アヒルちゃんたちも一緒に」

「……えっ⁉　あひるたん、はるかの家に泊まるの⁉」

黙々とジャガイモシリシリを食べていたはるかちゃんが、パッと嬉しそうな顔をした。

「やった〜！　はるか、あひるたんと一緒に寝る！」

「がー」

はるかちゃんにムギュッと抱きつかれるモチ。

ふたりとも嬉しそう。

「ちょっと……ふたりして無理を言わないの。ホントごめんねアキラくん？　嫌だったら断っても良いからね？」

「ご迷惑じゃないのなら、お言葉に甘えさせていただきます」

「……え?」

ポカンとした顔をする静流さん。

「なんだか僕も今日は飲みたいなって」

「やった〜!　あひるたん、あそぼ!」

「がー」

「ぐわっ、ぐわっ」

「ぐっ、ぐっ!」

はるかちゃんと一緒に、どたどたと走っていくアヒルちゃんズ。

それを見て、つい頬を緩めてしまう僕ら大人たち。

本当に姉妹みたいで可愛いな。

「……それじゃあ、とりあえず乾杯しようか」

勘吉さんがグラスを掲げる。

続けて静二さんも。

「ちょっとクサいけど、新たな出会いにってことで良いのかな?」

「うん、そうだね。本当にクサいけど」

静流さんが楽しそうに笑う。

ちょっとだけ不思議な感じがした。

サラリーマン時代はお酒を飲む機会といったら、お客さんとの付き合いばかりだった。

いわば仕事の延長線上。

酔った上司にいきなり無茶振りをされたり、叱咤激励《しったげきれい》されたり、愚痴を聞かされたり……気が休まることなんてなかった。

――こんなふうにまったり飲めるなんて、ちょっと楽しいな。

勘吉さんたちとグラスを重ね、僕はそんなことを思うのだった。

＊＊＊

翌日。

早朝、勘吉さんたちにお礼を言ってお別れし、アヒルちゃんたちと自宅に戻ってきた。

お土産にジャガイモを段ボールひと箱分もらって。

すんごくありがたいんだけど、こんなに沢山のジャガイモ、なにに使おう。

昨日教えてもらったジャガイモシリシリは作るとして……あ、そうだ。じゃがバターとか作っちゃおうかな？

ポテトチップスとかも作って、おやつに食べても良いかもしれない。

「なぁ、お前ら、ポテトチップスとか作ったら食べる？」

「がー！」

「ぐわっ、ぐわっ！」

「タベルぐわっ！」

車から降りてきたモチたちが口を揃えて言う。

よし。モチたちも食べるなら大量に作るか。

ていうか、本当に生活がアヒルちゃんファーストになってるよなぁ。

そのうち僕ひとりでソファーで寝ることになるかも？

寒い夜とかモチの抱き枕が最高なんだけどな……悲しい。

少し鬱々となりながら、重い足取りで庭に入ろうとしたんだけど――。

「……あれ？　開いてる？」

閉めていたはずの裏口が開いていた。

昨日留守にしていたし、白狼さんが来たのかもしれない。

「昨日は留守にしちゃってたし、今日は美味しいお肉を出してあげようか……うおおおっ⁉」

裏口をくぐった瞬間、変な声が出ちゃった。

だって、庭に白い肌のでっかい変な生き物がいたんだもん。

庭の松の木の下、木陰に寝っ転がっていたのは――どデカいトカゲさん。

いや、違うな。
背中に翼が生えてるし、絶対トカゲじゃない。
もしかして、噂《うわさ》のドラゴンさん？
「え？　ウソ？」
目をゴシゴシして、もう一度見る。
背中に生えた翼。
白い鱗《うろこ》。
え？　マジで？
マジでドラゴンなの？
「どどど、どうしよう……!?」
ぶわっと背中から汗が吹き出てきた。
勘吉さんに連絡したほうが良いかな？
でも、連絡したところで困らせちゃうだけだよね？
こういうのって警察とか役場に電話したほうが良いんじゃ……？
「……しかし、気持ちよさそうに寝てるなぁ」
裏口から様子をうかがってるけど、白いドラゴンさんはピクリとも動かない。
ただ、のんびりスヤスヤと寝てるだけ。

危険な雰囲気は全くしない。

「がー」

後ろからやってきたモチたちが、ヨチヨチと並んでドラゴンさんのそばまで歩いていく。

アヒルちゃんズに怯《おび》えてる雰囲気は微塵《みじん》もない。

むしろ、興味津々といった感じ。

う〜む。モチたちが警戒していないなら安全なのかな？

なんて思った矢先。

あろうことか、テケテケがドラゴンさんを突っつきはじめた。

「ぐっ、ぐっ、ぐっ」

「ううぅぉぉぉいっ！」

おまっ、こらっ！

好奇心旺盛なのは良いことだけど、それはダメだろっ！

慌ててテケテケを抱きかかえる。

だけど、ドラゴンさんはグースカ寝たまま。

全く起きる気配はない。

それほど居心地が良いのか、それとも疲れているだけなのか……。

何にしても、良かった。

「し、しかし、不思議な生き物だなぁ……」

テケテケを抱きかかえたまま、まじまじとドラゴンさんを見る。

鱗はトカゲというかワニというか、ゴツゴツしててカッコいい。

真っ白いアルビノみたいな見た目だからか、神々しさすら感じる。

だけど、両手の鋭い爪が見えた瞬間、背中がスッと寒くなった。

「い、一応、神埼さんに確認しとこっかな?」

違うドラゴンさんだったら大変だし。

とりあえず写真を撮ってLINKSに送ってみよう。

そう思ってスマホを取り出し、シャッター音を鳴らしたときだ。

「……んきゅっ⁉」

アヒルちゃんが突っついても微動だにしなかったのに、小さな電子音にビックリしてドラゴンさんが飛び起きた。

「……」

「……」

固まったまま、しばらくじっと見つめ合ってしまう僕たち。

「こ、こ、こんにちは」

「ぎゃおっ⁉」

甲高い悲鳴を挙げたドラゴンさんが、ドタバタと暴れだす。

慌てて裏口のほうに走って行ったけど、閉められていたので勢い余って扉に頭をぶつけ、今度はこっちに走ってくる。

だけど、こっち側に出口はない。

完全にパニック状態に。

「わ、わ、わ⁉」

「ぎゃお⁉　ぎゃおぎゃお⁉」

ドタドタドタドタ。

バタバタバタ。

ドラゴンさん、悲鳴をあげながら庭を縦横無尽に走りまくる。

それを見たモチたちが「お⁉　なんだ⁉　追いかけっこか⁉」と、嬉しそうにドラゴンさんを追いかけはじめた。

逃げるドラゴンさん。

追いかけるアヒルちゃん。

それを呆然と眺める僕。

「ぎゃおおおん……ぎゃおおおおん……」

「くわっくわっ」

「がーがー」

「がっ、がっ、がっ」

「いやなにこの状況？」

ちょっと、みんなやめな？

ドラゴンさん、ガチで怖がってるじゃん。

ビビりまくってるドラゴンさんが、ついに思いっきり壁に激突した。

ズドゴッと、ちょっと心配になっちゃう音が鳴り響く。

壁に大きな穴がぽっかり開いちゃった。

「ぎゃお……っ」

だけど、何事もなかったかのようにドスドスドスと走り去っていく。

怪我《けが》はないみたいだから良かったけど、翼があるんだから空を飛べば良いのに。相当テンパってたんだろうな……。

「くわ～……」

テケテケが僕のそばで、唖然とした雰囲気で壁の穴を見つめている。

いや、ぽかんとしてるっていうより、遊び相手がいなくなって残念がっているって表現が正しいかもしれない。

追いかけっこ、楽しかったよね。

相手はガチでビビってたけど。

しかし、頑丈な作りの壁が、体当たり一発で壊れちゃったな。

これ、結構マズくない？

「ううむ、やっぱり危険な動物だったのか？」

だってほら。

なんていうか……イノシシより突進力、ありそうじゃない？

＊＊＊

山暮らし37日目。

朝早くにＭａｍａｚｏｎから荷物が届いた。

先日注文した、神崎さん用のお酒だ。

買ったのは、神埼さんが好きだって言ってた芋焼酎に日本酒。それと僕でも飲める赤ワインを何本か。

以前に飲んだドイツのワインがすごく美味しかったから、ドイツ産のものをチョイスした。

お酒が届いたらすぐに連絡すると伝えていたので神埼さんにＬＩＮＫＳでメッセージを送ったんだけど、既読がつかない。

もしかすると、仕事で忙しいのかな？

ファッションデザイナーさんって、春は繁忙期だったりするのかもしれない。

まぁ、ただの想像だけど。

「……ま、いいや。庭に行こっか」

「くわっ！」

モチたちと一緒に庭に出て、燦々《さんさん》と降り注ぐ陽光を浴びながらラジオ体操をはじめる。

最近、これがモーニングルーティンになっちゃってるんだよね～。

早朝の山の中で体操をするのがめちゃくちゃ気持ちが良いと最近知ったのだ。

まさに隠居生活って感じがするなぁ。

「いっちに、さんし……」

「がー、がー」

「くわっ、くわっ」

「ぐわ、ぐわ～っ」

モチたちも僕の動きに合わせて器用に翼を伸ばしたり、お尻を振ったり。

う～ん、可愛い。

これを見るだけで早起きした甲斐《かい》があるよね～。

そんなモチたちにほっこりする中、ふと、壁に開いた穴が目に留まる。

昨日、ドラゴンさんが体当たりで壊した壁だ。

この庭では色々と不思議なことが起きまくっている。

だから一晩たったら元通りになってるかも――なんて淡い期待を抱いていたけど、そんなことがあるわけがなく。

まぁ、そりゃそうだよね……。

体操に飽きちゃったモチたちがグワグワ鳴きながら、楽しそうに庭と外を行き来してる。

なんだか「便利な通路ができたな～」なんて言ってそう。

確かに裏口を開けずに外に行けるようになったのは便利だけど、このまま放置しておくわけにもいかないよなぁ。

「工務店さんにお願いして修繕してもらわなきゃな」

だけど、結構お金がかかりそう。

あのでかい穴を塞ぐとなると、大掛かりな工事になるだろうし。

今の僕は無職みたいなもんだから、大きい出費は避けたいところ。

だけど、この家は勘吉さんからの借り物だし――。

あっ、頭が痛いっっっ！

「……ん？」

ふと、壁の穴からなにかがこっちを覗き込んでいるのに気づく。

真っ白いフワフワの毛並みの犬……いや、あれは狼か？

多分、ご飯をあげたりお返しに木の実をくれてる、あの白狼さんだろう。

その隣には、穴を開けた張本人の白いドラゴンさんの姿も。

「……」

しばし視線を交差させる僕たち。

な、なにかな？

しっかり全部の壁を壊しに戻ってきました……とかじゃないよね？

しばらくじっと見ていると、やがて白狼さんが恐る恐るこっちにやって来た。

僕の近くまできて、ぺこりと頭を下げる。

「あ、あのう……原三郎様はご在宅で？」

「しゃ、しゃべったぁ!?」

素っ頓狂な声が出てしまった。

その声にびっくりした白狼さんは飛び退《の》くように一歩下がったけど、すぐにヒョコヒョコと近づいてくる。

「ええと、げ、原三郎様は……？」

「原三郎？」

しばし考える。

……あ、おじいちゃんのことか。

「ええっと、おじいちゃん……じゃなくて、原三郎はいませんよ。先日、他界してしまいまして」

「ええっ⁉　そ、そうだったんですか⁉」

あんぐりと口を開ける白狼さん。

ちょっと可愛い。

「なるほど、どうりで御姿が見当たらないはずだ。それはご愁傷さまでした」

「あ、いえ。どうもご丁寧に……」

頭を下げる僕。

なんとも律儀な人……じゃなくて狼さんだな。

「それで、あなた様は？」

「僕はひと月前くらいからここに住んでいるアキラといいます。ええっと……原三郎の孫にあたる感じで」

「お孫様⁉」

白狼さんが「ははぁ！」と感心するような声を漏らす。

そして、なにかを思い出すように首を捻ったあと、ハッと気づく。

「……えっ⁉　ということは、あの美味しい料理はあなた様が⁉」

「料理？　ああ、あの肉ですか？」

多分、庭に出してた餌のことだろう。

あれが料理かと問われると首を捻らざるを得ないけど。

「はい、僕が出してました」

「そうだったのですね！　いやぁ、本当にありがとうございます！　大変美味しゅうございました！」

「こちらこそ、いつも木の実とかありがとうございます」

お互いペコペコと頭を下げ合う。

ええと……なんだろう。

この状況。

「それで、原三郎にどのようなご用事で？」

「……あっ、そうでした！　本日このように馳《は》せ参じたのは、あの者が壊してしまった壁の件で……お～い」

白狼さんが、こちらの様子をうかがっていたドラゴンさんを呼んだ。

しばし思案するドラゴンさん。

やがて、おっかなびっくりといった雰囲気でヒョコヒョコとやってくる。

「この度は本当に申し訳ありませんでした。この者が原三郎様のご邸宅の壁を破壊してしまったと言うもんですから、慌ててお詫《わ》びに」

「……ああ、そういうことでしたか」

つまりドラゴンさんはひとりで謝罪に行くのが怖いので、白狼さんに同行をお願いしたってところか。

なるほど。

……いや、どんだけビビりなんですかドラゴンさん。

結構怖い見た目してますよ、あなた？

「ちなみに、そちらの方はドラゴンさん……なんですよね？」

「こいつですか？　そうですね。白鱗竜《ホワイトドラゴン》です」

「なるほど」

そうか。ホワイトドラゴンか。

良くわからん。

ドラゴンなんですと言われて簡単に信じちゃうのもアレだけど、日本語を話す狼さんが言うと妙に説得力があるな。

しかし、ドラゴンなんて初めて見た。

もしかして御科岳では珍しくないのかな？

ひょいとドラゴンさんの顔を覗き込んだら、バッチリ目が合ってしまった。

瞬間、ササッと白狼さんの後ろに隠れる。

筋金入りのビビりさんである。

「この庭でなにをしてたんですかね?」

「実は先日、オーレイ高原で起きた魔物との戦で怪我を負ってしまい、その治療のために神域に。本来ならまず神域の守り人たる原三郎様にご挨拶をするべきなのですが、ご不在だったので仕方なく……」

「ふむふむ……そうだったんですね」

うんうんと頷いてはみたものの、話の半分以上が理解できなかった。

まず、オーレイ高原ってどこ?

それに、神域ってなに?

「あの、すみません。神域というのは?」

「……え?」

キョトンとする白狼さん。

「もしかして、原三郎様からなにもお聞きになっていない?」

「ええ、なにも」

山暮らしに必要な知識はスローライフマニュアルを通じて得ましたけど。

「神域とはここのことですよ。原三郎様のご邸宅の敷地内は、我ら神獣の治癒力を高める治療場《ヒーリングスポット》なんです」

「神獣」

かみのけもの。

……え？

もしかしてあなたたちって、神様の御親戚かなにかでいらっしゃる？

冗談でしょ？

「ちょ、ちょっと待ってください。頭を整理しますので」

「はい、どうぞ」

ちょこんとおすわりする白狼さん。

彼の話をまとめると、この家の敷地内には神秘的な力が働いていて、訪れる神獣様たちの怪我を治したり、疲れを癒やしたりする場所……ってことで良いんだよね？

つまり、神様たちの療養所ってわけか。

ふむふむ。

マジですか。そうですか。

ていうかおじいちゃんってば、そんな大事なことをなんでスローライフマニュアルに書いてくれなかったのかな？

なによりもまず最初に書くべきじゃない？

石窯の作り方とか、美味しい料理の作り方の前にさ！

白狼さんが「くぅん」と困ったような声で鳴く。

「あ、あの、混乱させてしまいましたでしょうか？　申し訳ありません……」

「あっ……いえ、大丈夫ですよ」

事実はなんとなく理解できたので。

白狼さんはホッとした雰囲気で「良かった」と続ける。

「それで、この者が壊してしまった壁なのですが、責任を持って私たちが元通りに修復させていただきます」

「……え？　修理してくれるんですか？」

それは助かる。

いや、ホントに。

修繕費用をどうやって捻出しようか悩んじゃってたもん。

「もちろんです。なので、どうかこれまで通り、神域を利用させていただけませんでしょうか？」

頭を下げる白狼さん。

しばらくして、ドラゴンさんも「ぐるぅ」とバツが悪そうに頭を垂れる。

神様にお願いされるなんて、なんだか恐縮してしまった。

それほど、この場所が重要なんだろうな。

さて、どうしよう……とは別に悩まなかった。

だって、ここが神様の療養所になっていようと問題はないし。

むしろ、ご利益《りやく》がありそうだし。

「もちろん、かまいませんよ」

「ほ、本当ですか？」

「はい。なんなら僕がおもてなししますよ」

神様がいらっしゃるなら、相応の歓迎をしないとだよね。

まぁ、大したことはできないけど。

「ありがとうございます、アキラ様！」

「あ、アキラ様!?」

やめてくださいよ恥ずかしい。

アキラくんとか、アキラちゃんで良いですから。

「それでは早速、修繕作業を……わふんっ！」

白狼さんがひと鳴きすると、どこからともなく、小さい蝶《ちょう》のような生き物がわらわらとやってきた。

だけど、普通の蝶ではない。

青白く光っていて、よく見ると小人の背中に蝶の羽根が生えていた。

この子たちってもしかして、妖精さん？

唖然としている僕をよそに、彼らは山の中から色々な資材を運び込み、壁の修繕作業を開始した。

木材や粘土。それに見たことがないゼリー状のもの。

あれはなんだろう？

接着剤みたいなものかな？

ていうか……頑張ってる彼らを見てると、ただ傍観しているのが悪い気がしてきた。

だって、相手は神様だし。

「あの、白狼さん？　僕もお手伝いしましょうか？」

「ええっ⁉　そんな滅相もない！　アキラ様はお休みになっていてください！」

「あ、そうですか」

すごすごと退散。

無知な僕が手伝っちゃったら、邪魔になっちゃうか。

よし、だったらお茶でも入れてあげようかな。

あ、お酒とかのほうが良いかも？

だってほら、神様ってお酒が好きそうじゃない？

というわけで、庭先で足を止めて「なんぞこれ？」と作業風景を眺めているモチたちを横目に、キッチンへと向かう。

しかし、と縁側から庭を見て改めて思う。

光り輝く妖精さんに、日本語を話す白狼さん。

超ビビリのドラゴンさん。

……うん。これはすごいメンツだ。

神埼さんに教えたら、驚いて……いや、腹を抱えて爆笑しそうだな。

ガチでジワるんですけど、とか言って。

＊＊＊

壁の修復作業は20分ほどで終わった。

さっきまで大穴が開いていた場所は傷ひとつなくなっていて、むしろ前より綺麗になっている雰囲気すらある。

すごい。一体どうやったんだろう？

神通力とか使ったのかな？

「みなさんお疲様です。これ、良かったらどうぞ」

白狼さんから「仕上げの確認をお願いします」と言われたついでに、色々とキッチンから持ってきた。

日本酒はもちろん、みんなが作業をしている傍《かたわ》らで焼いたピザとか。

「……おおっ、それはっ！」

早速、白狼さんが反応した。

「以前、アキラ様にいただいた食べ物ですね⁉」

「あ、覚えていてくれたんですね」

「もちろんですとも！　あれは本当に美味でございましたから……」

少しだけ遠い目をする白狼さん。

その口元には、少しだけよだれが……。

どうやらピザの味を思い出している様子。

あはは、相当美味しかったみたいだね。

「ちなみにそれは何という料理なのでしょう？」

「ピザですよ。そこの石窯で焼いたんです」

「ピザ、でございますか……すごく美味しそうな香りがします」

鼻をスンスンと鳴らす白狼さん。

前のは冷めちゃってたけど、今回は焼き立てだからね。

「あと、お酒も持ってきましたよ」

「お酒⁉　わふっ⁉」

白狼さんの尻尾が、ちぎれそうなくらいブンブンと揺れている。

ピザとお酒のダブルパンチで辛抱たまらんといいたげな様子だ。

というわけで、縁側に並んで（アヒルちゃん含む）ピザを食べることに。

僕の右隣に白狼さん。

その横にドラゴンさんに、妖精さんたち。

モチたちは、僕の左隣にちょこんと並ぶ。

「それでは、いただきます！」

「いただきます」

「がうっ」

僕の声に、白狼さんやドラゴンさんが続く。

焼き立てのピザをパクリ。

モチッとした生地と濃厚なチーズの味……。

うん、やっぱり焼き立てって美味しいなぁ！

「……おおおっ！　これは美味しい！」

ピザを頬張った白狼さんが、目をキラキラとさせる。

「これはチーズですね……生地はフワフワだし、大変美味しゅうございます！」

「がうっ！　がうっ！」

ドラゴンさんも喜んでいるみたい。

妖精さんたちも美味しそうに食べてるし、お口に合ったみたいでなによりだ。

モチたちは……まぁ、言わずもがな。

しかし、と白狼さんを見て思う。

美味しそうにピザを食べている彼の姿は、ただの可愛くて白いわんちゃんみたいに思えるけど、神様なんだよね？

それも、異世界に住んでいる神獣様――。

あ、そうだ。丁度良いタイミングだし、色々と疑問に思っていたことを聞いてみようかな。

「あの、白狼さん」

「……えっ？」

キョトンとした顔をする白狼さん。

「白狼……とは、私のことですか？」

「あ」

しまった。つい白狼さんって呼んじゃった。

「す、すみません。御名前を存じ上げないので、白狼さんとお呼びしちゃいました……」

「ああ、なるほど。そういうことでしたか。元々、私に名前はないのでお好きに呼んでいただいて結構ですよ」

そうなんだ。

じゃあ、お言葉に甘えて白狼さんとお呼びすることにして。

「白狼さんに色々とおうかがいしたいことがあるのですが、良いですかね？」

「もちろんです。なんなりと」

白狼さんがペロリと口の周りを舐《な》め、姿勢を正す。

――といっても、おすわりしてるだけだけど。

「さっき白狼さんが言っていた『オーレイ高原』って場所なんですけど、この山の近くなんですかね？」

「いいえ。オーレイはリュミナスの中央大陸にある高原です」

「リュミナス……？」

「はい。アキラ様が住んでいらっしゃるこの世界とは違う、いわば異世界です」

「……異世界」

ごくりと息を飲んでしまった。

なんとなくそうじゃないかとは思ってたけど、やっぱり異世界だったんだな。

白狼さんが言うには、彼ら神獣様は異世界リュミナスで人々を厄災から守る「守護神」として崇《あが》められている存在らしい。

そんなリュミナスでは、近年、人々に害為す存在である「魔物」が増え、オーレイ高原で長きにわたり争いが起きているのだとか。

その戦で傷ついた神獣様たちが、御科岳（向こうの世界では神域を意味する「ジェラノ」と呼ばれてるらしい）にやってきているのだという。

「私もそのオーレイ高原の戦いで負傷し、少し前からジェラノで療養をしているんです」

「そうだったんですね」

「そのときから原三郎様にお世話になっていたのですが、ここ最近、御姿が見えず」

くぅん、と悲しそうな声で鳴く白狼さん。

「原三郎様の許可なく勝手に神域に立ち入ることはできないのですが、日に日にジェラノに負傷した神獣が増えていて……」

「仕方なく庭に入っちゃった？」

「はい、そういうことです。大変申し訳ありません」

「いえいえ。全然オッケーですよ」

別に困ることはなにもないからね。

大怪我を負ってた白狼さんやドラゴンさんは仕方なく庭に入ったけど、山の中にはおじいちゃんの帰りを待っている神獣様が沢山いるらしい。

「どれくらいの神獣様たちが？」

「数十ほどでしょうか」

「そ、そんなに⁉　だったらバンバン来ちゃってください！　僕の許可なんていらないですし！　勝手に入ってゴロゴロして良いですよ」

「おお、本当ですか？　それは助かります。早速みんなに伝えておきましょう」

尻尾をパタパタ。

ちょっと可愛い。

そんな愛嬌《あいきょう》がありまくる白狼さんだけど、口調から推測するに、神獣様たちの元締めみたいな立場なのかもしれないな。

ドラゴンさんも白狼さんに相談していたみたいだし。

しかし、異世界かぁ。

前々からここって不思議な山だなとは思っていたけど、まさか別世界に繋がっていたなんてな。

この前見た奇妙な景色は、その異世界リュミナスの空だったってわけか。

ようやく謎が解明したね。

「……ん？」

なんて思ってると、チョコチョコとシャツの裾を引っ張られた。

ポテだ。

「ぐっ、ぐっ」

足でペシッペシッと叩いてるお皿が、綺麗になっていた。

どうやらピザのおかわりが欲しいらしい。

「僕の食べる?」

「くわっ」

僕の食べかけピザを差し出すと、むしゃむしゃと食べはじめる。

こいつらってば、神様が来てようとお構いなしで食いまくるのな。

もう少し自重せい……と思ったけど、もしかして同じ神獣だから気を使ってないとか?

ちょっと聞いてみるか。

「白狼さん、この子たちもあなたたちと同じ神獣様なんですかね?」

「そのアヒルさんたちですか?」

「はい。前々から、ただのアヒルにしては賢いなって思ってて」

時々、日本語を話すし。

ウンチとか、ちゃんと決めたところでやるし。

「ん~……そうですねぇ」

白狼さん、しばし考える。

そして、美味しそうにピザを食べるアヒルちゃんたちを見ながら続けた。

「すみません。ちょっとわからないですね。かすかに魔力を感じるのでリュミナスからやってきた動物だとは思うのですが、アヒルの神獣というのは聞いたことがありません」

「そうですか……」

まぁ、アヒルの神様なんて、こっちの世界でも耳にしないからなぁ。

こいつらの正体がわかるかもって思ったけど、ちょっと残念。

「ぐわっ」

「わっ、わっ！」

モチとテケテケもおかわりを求めてやってきた。

だけど、焼いたピザはもうない。

この人数だと、一瞬でなくなっちゃうな。

用意した日本酒も空だし。

うん、ここいらでお開きかもしれないね。

空気を察したのか、白狼さんが深々と頭を下げた。

「ごちそうさまでしたアキラ様。今回の料理も大変美味しゅうございました」

「いえいえ。こちらこそお粗末様でした」

「がうっ！」

ドラゴンさんや妖精さんたちも、恭《うやうや》しく頭を下げてくれた。

見た目は動物だけど、礼儀正しい。流石は神様だ。

そんな彼らを裏口まで見送ろうと思ったんだけど、ドラゴンさんが白狼さんとなにやら話しはじめた。

「……？　どうかしましたか？」

「アキラ様に食事のお礼をしたいと言ってます」

「お礼、ですか？」

「はい、できることならなんでもします、と」

う～ん、そう言ってくれるのは嬉しいけど、ちょっと困ったな。

むしろ、これが僕からのお礼みたいなもんだったわけだし。

とはいえ、神獣様の申し出を無下にするのもなんだか悪い気がするし……。

「……あ」

と、縁側においてあったスマホが目に留まる。

良いこと思いついた。

「それじゃあみんなで一緒に写真でも撮りますか」

「……？　シャシン？」

首をかしげる白狼さん。

「えぇっと、この小さい箱を使うんですが、これを通して見た対象を精密な絵に起こせるんですよ」

「ほほう？」

白狼さんが興味深げにスマホを覗き込む。

だけど、画面が映った瞬間、ビックリしてすっ転びそうになっていた。

「す、すごい！　この世界にはそのようなものがあるのですね！」

「はい。記念にみんなで写真を撮りましょう」

「興味深いです。是非よろしくお願いします」

尻尾をパタパタと振る白狼さん。

ドラゴンさんも興味があるのか、せわしなく尻尾を動かしている。

というわけで、庭の松の木の前にみんなで集まって集合写真を撮ることに。

もちろん、モチたちも一緒に。

カメラマン……はいないので、タイマー機能を使ってパシャリ。

「……うん、良い感じで撮れましたね」

「すごい！　本物みたいな絵ですね！」

白狼さん、写真を見て興奮している様子。

僕も別の意味で興奮してしまった。

だってこの写真に写ってるの、ほとんど神様なんだもん。

持ってるだけでめちゃくちゃご利益がありそう。

「それでは、またいつでもいらっしゃってくださいね」

「ありがとうございます、アキラ様。それでは……」

白狼さんを先頭に、神獣様たちがいそいそと庭をあとにする。

彼らがいなくなり、庭はいつもの静けさを取り戻した。

空を見上げると、星が輝いていた。

すっかり深い時間になっちゃったな。

「……よし、僕たちもお風呂に入って寝ようか」

「ぐわっ！」

モチが鳴く。

まぁ、お風呂に入るのは僕だけだけど。

しかし、楽しい一日だったな。

最初はちょっとびっくりしたけど、こういう出会いも良いよね。


——後日談、ってわけじゃないけど。

あまり他人には見せないほうが良いかなとは思ったんだけど、お酒を飲みに来た神崎さんに神獣様たちと撮った写真を見せた。

だってほら、あのドラゴンさんが神崎さんが見たドラゴンなのか確認してもらったほうが良いじゃない？

だけど神崎さん、写真を見るなり、

「あっはっは！　なんなんスかこのメンツ⁉　ガチでジワるんですけど！」

って大爆笑してた。

いや、そういう反応をされるだろうなって思ってたけどさ。

神様を見て爆笑するなんて、ギャルに怖いものはないんだろうか……。

第三章　奇妙で可愛い訪問者

山暮らしをはじめて40日。

あと少しで2ヶ月が経つけれど、本当にあっという間って感じだった。

新しい環境でもすぐ慣れちゃう体質ってのも相まって、もう何年もここで生活しているような錯覚さえあるし。

とはいえ、驚くようなこともまだまだ多い。

庭にやってくる神獣様がその最たるものだけど、例えば自宅の光熱費が異様に安かったりする。

特別な理由があるってわけじゃなく、早く寝ちゃうからなんだけどね。

布団に入るのは20時。

5時起床。

サラリーマン時代からは考えられない、超健康的な生活だ。

今日も朝から縁側で読書をして、今は畑で農作業中。

勘吉さんほどじゃないけど、日焼けして健康的な見た目になった……ような気がする。

先月、畑に植えたキュウリ、ゴーヤ、トウモロコシはすでに収穫済みで、新しく植えたオクラ、ピーマン、トマトの苗もすくすくと成長している。
すごく美味しそうな実を付けているし、そろそろ収穫の頃合いだと思うんだけど――。

「……前々から思ってたけど、やっぱり成長が速すぎだよね？」

大玉トマトを片手に呆れ顔。

これが、もうひとつの驚くようなことだ。

いや、僕は農家の人間じゃないけど、流石に数日でこんな立派な実ができないことくらいはわかるよ？

「……ぐっ、ぐっ」

ピンクのリボンを付けたアヒルちゃんがヒョコヒョコとやってきた。

モチだ。

やっぱりアクセサリーがあると一発でわかって良いよね。

「お、今日も手伝ってくれるの？」

「くわっ」

元気よくお返事。

実に頼りになるアヒルちゃんだ。

こうして毎回手伝いに来てくれるモチには、雑草取りや害虫駆除をお願いしている。

雑草さん、なぜか畑にはしっかり生えるんだよね。

野菜がすくすく成長する理由と関係しているのかな？

ちなみに、テケテケとポテは山の中を散策中。

多分、虫でも捕まえて食べてるはず。

ここで採れた野菜を毎日食べてるんだから、たまには手伝えっ！

「くわっ」

モチが咥えて来た雑草をペッと吐き出した。

「雑草処理ありがとう。トマト食べる？」

「が～、タベル」

「ほい」

食べやすいように小ぶりのトマトを選んで、ヒョイッと投げたら見事に空中でキャッチした。

うまいうまい。

大道芸をやったら結構人気出るんじゃない？

猿回しならぬ、アヒル回し。

「ぐわわっ⁉」

「いてっ⁉」

いきなり突っつかれてしまった。

怒ってるのか、プリプリと尻尾を振ってる。

まさかコイツ、日本語を話せるだけじゃなくて心の声も聞けるのか⁉

ううむ。これは滅多なことは考えないほうが良いかもしれない。

モチに「失言したお詫びにもう一個トマトを頂戴」とツンツンされたので、今度は中くらいの大きさのトマトをあげた。

「あぐ、あぐあぐ……」

「あはは、すごく美味しそうに食べるなぁ」

実に良い食べっぷり。

神崎さんからもらったその可愛いリボン、汚さないようにね？

モチの食欲を見てたら、僕も食べたくなってきた。

葉の下に隠れていたドデカいトマトを取って、思いっきりガブリ。

弾力がある皮の下から、果汁が溢れ出てくる。

「ううう……ウマいっ！」

思わず歓喜の声。

ぎゅっと濃縮されたトマトの味と、濃厚な甘みが口いっぱいに広がる。

リーマン時代はそうでもなかったけど、山暮らしをはじめてから野菜好きになっちゃった気がする。

ここで作った野菜がすごく美味しいってことだよね。

子供の野菜嫌いってよく耳にするけど、こういう甘くて美味しい野菜を食べさせたら解決するんじゃないかなぁ？

「えっへっへ、もうひとつ食べちゃお」

これもかなり大きいトマトだ。

大玉トマトっていう品種だから大きいトマトができるんだろうけど……それにしてもデカい。

「もしかして、これも神域の力のおかげとか？」

「くわっ」

モチが返事をした。

そうだよって言われた気がする。

だよね？

この前、白狼さんが「神域には治癒力の促進効果がある」って言ってたし、成長促進効果があっても不思議じゃないよね。

その白狼さんだけど、あれからほぼ毎日のように庭にやってきてる。

彼が言っていた他の神獣様たちの姿はまだないけど、きっとそのうちやってくるはず。

一体どんな姿の神獣様たちが来るのか、今からちょっと楽しみだ。

「……なんて話は置いといて、さっさと収穫しちゃおうっと」

のんびりしてると、あっという間に日が暮れちゃうよ。

トマトのつまみ食いをしながら、オクラ、ピーマンの収穫を続ける。

ピーマンは収穫を急ぐ必要はなさそうだけど、オクラは成長しすぎると硬くなって食べにくくなるみたい。

まぁ、もしそうなっても長めに茹《ゆ》でれば大丈夫っぽいけど、やっぱり柔らかいオクラを食べたいからね。

ひと通り収穫し、大きめのカゴが一杯になったところで本日の農作業は終わり。

「よしっ、今日はこれくらいにしておこうか」

「くわっ」

土まみれになってるモチの顔を拭いてあげる。

さて、今日はなんの料理を作ろうかな？

ベーコンを使ったオクラの肉巻きとか美味しそうだよね。

オクラにベーコンを巻いて、フライパンで焼くだけっていうお手軽料理だし。

けど、ベーコン余ってたかなぁ――なんて思いながら帰ろうとしたとき、シュポッとスマホが鳴った。

勘吉さんからＬＩＮＫＳのメッセージが来たみたい。

「ふむふむ、明日の山の見回りは15時からか。了解です……っと」

タプタプ。シュポッ。

すぐに勘吉さんから「本当に大丈夫？」と返ってきた。

同時にモチがどこか不安そうに僕の顔を見る。

「……くわっ？」

「あはは、なんだよ？　もしかしてモチも心配してくれてるの？　大丈夫だよ。ただの山の見回りだし」

「くわぁ……」

こいつは本当に優しいやつだなぁ。頭をナデナデ。

勘吉さんから来た「山の見回り」というのは、町の消防団がやっている防災活動のひとつらしくて、それを手伝うことになったんだよね。

といっても、勘吉さんから依頼されたってわけじゃない。

2日前、勘吉さんから「御科岳でクマやイノシシみたいな危険な動物の目撃情報が頻発しているから、アキラくんも注意して」と連絡が入ったんだけど、そのときにこっちから見回りのお手伝いを申し出たのだ。

以前に静流さんから勧められた消防団への入団は、やっぱりちょっと厳しいと思う。役割とか与えられちゃったら、また体調を崩しそうだし。

だけど、簡単なお手伝いならできそうだと思ったんだよね。

地域貢献……なんて偉そうなことは言わないけど、多少は町の人たちと関わっていかなきゃだし。

「しかし、危険動物かぁ……ちょっと怖いよね、モチ」

「ぐっ？」

不思議そうに首をかしげるモチちゃん。

キミたちには怖いものとかなさそうだよね。うらやましい。

明日は、動物避けの柵が壊れてないか確認してまわるみたい。

その程度で良いのかってちょっと不安になったけど、なにより大事なのは「ここは人間が住んでいる場所だ」って意思表示することらしい。

山の動物は人間の匂いに敏感なんだって。

ただ、見回りの途中で危険動物を発見したら威嚇して追い払わないといけないっぽいので、ちょっと怖い。

できれば不意の遭遇は避けたいところだよね。

勘吉さんに「大丈夫です。見回り頑張ります」と送ってから、畑をあとにする。

「あれ？」

と、裏口が開いていることに気づく。

庭に入ると、松の木の下でごろんと横になっている白狼さんの姿があった。

あ、ドラゴンさんもいる。

「こんにちは」

「……おお、アキラ様。ごきげんよう」

白狼さんが「くわぁ……」と大きなあくびをして、大きく伸びをする。

ドラゴンさんはチラッと片目を開けて、ぶふっと鼻で返事をした。

「今日もおふたりだけなんですね」

「そうですね。アキラ様の件はみなに伝えているのですが、まだ警戒している者も多くて」

「なんだかすみません。僕がここに住んじゃったばっかりに」

「……えっ⁉　いえいえ！　アキラ様のせいではありませんよ！　みなが臆病なだけですから！　放っておけば、そのうちやってくると思います」

くぅん……と申し訳なさそうな声をあげる白狼さん。

まぁ、そうだよね。

急かす必要もないし、みんなのペースで来てくれれば良いか。

丁度、明日勘吉さんと山の見回りがあるし、タイミング的にはバッチリじゃないかな？

一応、白狼さんにも伝えておこう。

「実は明日家を留守にするんですけど、ご自由にくつろいでくださいね」

「承知しました。なにかご用事が？」

「そうなんです。山の見回りのお手伝いに――あっ」

ふとそのことに気づく。

そういえば、白狼さんって御科岳に住んでるんだよね？

最近頻繁に目撃されてる危険動物について知らないかな？

「あの、ちょっとおうかがいしたいんですけど、この山に危険な動物っています？」

「え？　危険な動物ですか？」

「はい、最近、山でクマやイノシシの目撃情報が出ているらしくて。それで明日、緩衝地帯に出向いて見回りをするんです」

「ああ、なるほど。そういうことですか」

わふっと元気よく鳴く白狼さん。

しばしなにかを思い出すように首をかしげ、続ける。

「しかし、ジェラノに危険な動物はほとんどいないと思いますよ？　私たち神獣を恐れて他の山に移り住んでいるはずですし」

「え？　そうなんですか？」

これは予想外の返答だ。

そっか。御科岳には危険動物がいないのか。

確かに、山暮らしをはじめてから２ヶ月くらい経つけど、危険動物の目撃情報が出たのって今回が初めてだよな……。

僕自身、しょっちゅう山の中に入ってるけど見かけたことすらないし。

……宇宙服を来たギャルには遭遇したけど。

「ですが、目撃情報があるのなら再びジェラノに戻ってきた可能性はありますね。もし見かけたら追い払っておきますよ」

「本当ですか？　ありがとうございます」

それはすごく助かるな。

神獣様だったらクマとかイノシシ相手でも問題ないだろうし。

「……あ、そうだ。その御礼ってわけじゃないですけど、おやつ食べますか？」

「おやつ？」

不思議そうに首をかしげる白狼さん。

だけど、尻尾がワッサワッサと揺れている。

可愛い。

「ちょっと面白いお菓子を見つけて取り寄せてみたんですよ」

「面白いお菓子」

「そうなんです。食べ方がちょっと独特で……ちょっと待っててくださいね」

実際に見てもらったほうが早いよね。

家の中に戻ってキッチンに向かう。

付いてきたモチが、足元でドタバタと暴れている。

「くわわっ！」

「大丈夫だってば。モチたちの分もあるから」

そんな心配はしなくても良いから。

収穫した野菜を置いて、冷蔵庫からとある和菓子を持って縁側に戻る。

「お待たせしました」

「……ほほう？」

僕が手にしていた和菓子を見て、白狼さんが目を輝かせはじめる。

「アキラ様、それはなんというお菓子なんです？」

「日本の『玉羊羹《たまようかん》』というお菓子ですよ」

取り寄せたのは、江戸時代から続いているという超老舗「宝鳥屋《たからどりや》」の「玉羊羹」だ。

ゴムに入っている玉状の小さな羊羹なんだけど、爪楊枝《つまようじ》でプスッと刺してプリッと中身を出すという、なんとも面白い食べ方をするみたい。

見た目だけじゃなく、味も一級品。大きさも食べやすいサイズだし、おやつにピッタリかなと思って買ったんだよね。

「タマヨウカン……なんだか面白い形をしていますね。ぶどうみたいです」

「キュッ？」

ドラゴンさんも気になったのか、のそのそとこちらにやってきた。

「おひとつどうぞ」

「では、お言葉に甘えて……」

僕が爪楊枝をプスッと刺し、出てきた羊羹を白狼さんがパクリと食べる。

「こっ、これは……っ！」

ギョッと目を見張る白狼さん。

「あ、あ、甘いっ！　これは大変美味しゅうございます！」

パッタパッタと尻尾を振る。

すんごく嬉しそう。

もしかすると、異世界にはこういうお菓子はないのかもしれないな。

「ぐっ、ぐっ」

「くわっくわっ」

「……あ、テケテケとポテ。おかえり」

丁度、アヒルちゃんズが散歩から帰ってきたみたい。

これは騒がしくなりそうな予感。

「ぐわっ、ぐわっ！」

「はいはい、今出しますから」

ほら来た。

まずはモチに、玉羊羹をひとつ食べさせる。

あぐあぐと咀嚼《そしゃく》し、飲み込んだ瞬間、「ぐわわっ！」っと翼をはばたかせはじめた。相当美味しかったらしい。

駆け寄ってきたテケテケとポテにもひとつずつ食べさせる。

ドラゴンさんにもひとつあげたところ、興奮気味にドタドタと庭を走りだした。あはは、ちょっと可愛い。

気づけば山から妖精さんたちもやってきていたので、彼らにもひとつずつおすそわけ。

なんてやってると、あっという間に玉羊羹が全部なくなっちゃった。

「……あっ」

し、しまった。

僕の分まであげちゃったよ。

こういう失敗、よくしちゃうんだよね……。

だけどまぁ、アヒルちゃんや妖精さん、神獣様たちも大喜びみたいだし、結果オーライってことで。

みんなが幸せなら、ＯＫです。

＊＊＊

消防団のお手伝いＩＮ御科岳の日がやってきた。

山の中に入る格好をして着替えやらを詰め込んだリュックを背負い、朝一番に軽トラで勘吉さんの家に向かった。

道中は結構ドキドキしちゃった。

だって山の見回りなんて初めてだし、消防団にどんな人がいるのかちょっと不安だったからね。

圧の強い人がいたら嫌だなぁ。

無理やり所属させられたらどうしよう。

「あはは、心配いらないよ。今日は僕たちだけから」

勘吉さんに何気なく話したら、笑われてしまった。

そういえば、見回りは僕たちだけでやるって言ってたっけ。

「それに、みんな静二義兄さんみたいな気さくな人たちだから」

「……そ、そうなんですね」

なんだろう。オタク気質な静二さんみたいって言われたら、急に大丈夫な気がしてきたぞ。

僕ってば、単純すぎ？

てなわけで、勘吉さんの軽トラに乗り換え、車で山へと向かう。

いざというときに逃げられるように車で行くんだとか。

相手はクマやイノシシのような危険な動物だし、緊急時のことは考えておいたほうが良いよね。

流石は見回りのプロ――というわけでもないか。

壊れている柵を発見したら補強して、もし動物を発見したら車の中から大きな音を立てたりして追い払う。

そのときはアヒルちゃんたちも大きな声で鳴いてもらうつもりだ。

「頼むよみんな？　精一杯大きな声で鳴いてね？」

「ぐわっ！」

「があーっ！」

「くわわっ！　くわわっ！」

「うん、まだ早い」

だけど、やる気はバッチリみたい。

木漏れ日が落ちる道を、ゆっくりと走っていく。

最初は舗装された道を走ってたんだけど、いつの間にか土がむき出しになっている山道に入っていた。

と、車の左側にフェンスが見えた。

あれが緩衝地帯に設置されている柵だ。

緩衝地帯は人と野生動物のテリトリーが重なる場所。

つまり、いつ危険動物が現れてもおかしくない地域だ。

ごくりと息を飲む。

風で揺れる茂みを見ただけで、つい手に力が入ってしまう。

うう、やっぱり怖いなぁ……。

なんて戦々恐々していると、ふと、助手席の窓から周囲に目を光らせているモチたちの姿が目に入る。

ピンクリボンのモチ。

赤いカバンのテケテケ。

青いスカーフのポテ。

可愛いアクセサリーを付けた3羽のアヒルちゃんたちが、真剣に車の外を見ている。

「ぐっ……ぐっ、ぐっ」

だ、大福餅みたいで可愛い……。

本人たちは至って真面目なんだけど、むしろそれがほっこりポイントを爆上げしてるっていうか。

「ふふ、アヒルちゃんたち、しっかり仕事をしてるみたいだね」

「ですね」

勘吉さんも、ニッコリ笑顔。

アヒルちゃんたちのおかげで、少しだけ気が楽になったよ。

それから2時間ほどかけてひと通り確認したけれど壊れている柵はなく、動物の姿も確認することはできなかった。

てなわけで、何事もなく無事に勘吉さんの家に帰還。

ほっとした瞬間、ドッと疲れが押し寄せてきた。

相当緊張してたんだな。

無事に終わって良かったけど、ちょっとだけ気になったのが先日見た異世界の景色のことなんだよね。

車で結構な距離を走ったんだけど、あの風景は一度も見えなかった。

もしかしてあの景色……というか、異世界に行くにはなにか特別な方法があったりするのかな？

今度白狼さんに聞いてみようかな。

「お疲れ様、アキラくん」

勘吉さん宅のリビングで休んでいると、勘吉さんが戻ってきた。

消防団の分団長さん（この地域を管轄している偉い人）に報告しに行っていたみたい。

「見回り手伝ってくれてありがとう。助かったよ」

「結局、動物はいなかったですけどね」

「いないに越したことはないよ。はいこれ」

勘吉さんが封筒を差し出してくる。

なんだろう、これ？

「今回の謝礼金だよ。あんまり多くはないけど」

「……ええっ⁉　そ、そんな大丈夫ですよ！　そういう理由で手伝ったわけじゃないですし！」

それに、おじいちゃん家の管理費はいただいてるし、これ以上お金をもらうわけには……。

だけど、勘吉さんは真剣な面持ちで続ける。

「消防団に所属してとは言わないけど、できればアキラくんには定期的に手伝ってもらいたいんだ。だから、ちゃんと受け取って欲しい」

「……」

ちょっと困ってしまった。

定期的に活動を手伝うのは構わない。

元々、僕自身もそのつもりだったし。

だけど、やっぱりお金をもらうってのはなぁ。

勘吉さんとしても無償で手伝ってもらうつもりはないってことだろうけど、車に乗って見て回るだけだったし。

ううむ、どうしよう。

――なんて悩んでいたら、勘吉さんが僕のリュックポケットに封筒をねじ込んできた。

う……これじゃあ、いただくしかないじゃないか。

「で、では、ありがたく頂戴します」

「うん。またお願いします」

ニッコリと微笑む勘吉さん。

笑顔が眩しい。

「あっ、アヒルちゃんだ！」

はるかちゃんが、アヒルちゃんばりにドタドタと走ってきた。

「はるかとあそぼ！」

「ぐわっ！　アソブ！」

「アソブ、アソブ！」

「くわわっ！」

バタバタと嬉しそうに翼をバタつかせるモチたち。

すっかり仲良くなっちゃってまぁ。

この前は鬼ごっこっぽいなにかをしてたっけ？

てか、人間と鬼ごっこできるアヒルって、やっぱりすごいよね？

というわけで、しばし遊んでから帰ることにした。

リビングで走り回るはるかちゃんとモチたちを微笑ましく見ていると、勘吉さんがふと思い出すように席を立った。

「どうしました？」

「アキラくんに渡したいものがあったんだった」

「……え？　渡したいもの？」

な、なんだろう？

また謝礼金とか言わないでくださいよ？

不安に苛《さいな》まれながら待っていると、勘吉さんが細長いなにかを抱えて戻ってきた。

あ、それって——。

「もしかして、釣り竿《ざお》ですか？」

「そうそう。前に釣りをやりたいって言ってたのを思い出してさ。僕のお古だけど御科岳の沢でも使える渓流竿だし、良かったら使ってよ」

か、勘吉さん……。

ちょっと感動してしまった。

雑談の中で何気なく話題に出しただけなのに、しっかり覚えてくれてたなんて。嬉しすぎる。

というか、改めて勘吉さんって良い人すぎない？

田舎の人たちって、みんなこんなに優しいんだろうか。

静流さんや静二さん、神埼さんもすごく良い人だったし。

神埼さんは田舎の人じゃないけど。

「ありがとうございます。大切に使わせてもらいます」

「釣りに初チャレンジした話、聞かせてね？」

「もちろんです」

それくらいならお安い御用。

よし、早速、明日にでも釣りに出かけますかね。

＊＊＊

結局、アヒルちゃんズとはるかちゃんは夜遅くまで遊び続け、自宅についたのは夜の9時を回ったくらいだった。

晩ご飯までごちそうになっちゃったし。

リーマン時代だったら「まだまだ夜はこれから」な時間だけど、山暮らしをはじめた今ではかなり深い時間。

すでにちょっと眠い。

なので、サッとお風呂に入って寝ようと思ったんだけど、僕の布団に大福餅が３つ並んでいた。

流石に遊び疲れたんだろう。

「ふふ、仕方ないな。今日は特別に布団で寝ても良い……なんて言うと思ったら大間違いだからなっ！」

気を使ってソファーで寝たりするもんか！

そもそも、布団は僕の領地だし！

モチたちの隙間に体をねじ込み、強引に眠りにつく。

ついでにモチを抱き枕みたいにしてフワフワ羽毛を堪能……。

ああ、気持ちいい……。

というわけで、モチ効果で安眠した翌朝。

勘吉さんにいただいた釣り竿とカゴ、それと、お弁当を持ってアヒルちゃんたちと家を出発した。

目指すは、神埼さんと遭遇したときに発見した、あの沢だ。

アヒルちゃんたちは戯《たわむ》れで魚を捕まえてたわけだし、釣り竿を使えば大漁間違いなしだよね。

――な～んて、たかをくくってたんだけど。

「つ、釣れねぇ……」

沢辺に腰を下ろし、かれこれ1時間くらい糸を垂らしているけど、小魚1匹すら釣れてない。

この沢に魚がいないというわけじゃないと思う。

スイスイと気持ちよさそうに泳いでいる魚の影が見えるし、なにより、やきもきしてる僕の横でアヒルちゃんたちが次々と捕獲してるし。

持ってきたカゴに大漁の魚がピチピチ跳ねているのは、全部アヒルちゃんたちのおかげなのだ。

うう、情けない。

「……ん？」

なんて心の中で嘆いていたら、ヨチヨチとポテがやってきた。

その口には、お魚が。

ヒョイッとカゴの中に入れて、僕の顔を覗き込む。

「ぐぅわぁ～？」

「……っ!?　な、なな、なんだよ!?　僕はのんびり釣りをしたいだけだからな!?」

「ぐわ〜……」

なにその残念そうな反応⁉

こ、こいつっ……明らかに僕を下に見てるっ！

クソッ、簡単に捕れるからって調子に乗りやがって。

ここからが本番だから、見てろよ！

……と、気合を入れたは良いものの、引き続きのんびり日向ぼっこする時間だけが過ぎていき。

一方のアヒルちゃんたちは、シュバシュバと魚を捕まえていく。

気づけばカゴには凄まじい数のお魚さんたちが。

「……うん、大漁だな」

「ぐわっ……アキラ、ツリヘタ」

「ダケド、リョウリ、ウマイ」

「キニスルナ」

「……っ⁉」

えっ、ちょっと待って？

今、僕……慰められた？

ちょっと魚を捕まえられるからって飼い主を下に見る横風な鳥類だと思ってたけど、なんて優しいアヒルちゃんなのかしら！

取って付けたような慰め方だけど！

ん？　もしかして勝者の余裕ってやつ？

「……まぁ良いか。楽しかったし、面白い話のネタになったし」

神埼さんに話したら、腹を抱えて笑いそうだ。

帰り際、スマホの電波が届いたタイミングでアヒルちゃんたちが捕まえてきた魚を調べてみたけど、イワナやニジマスなど食べられる魚ばかりだった。

今日の晩ご飯は魚料理だな。

刺し身にするのは面倒だからやめて塩焼き……いや、ちょっとだけ手を加えてホイル焼きとかにしても良さそうだな。

レモンとバターを一緒にホイルにくるんで、庭の石窯で焼く。

くぅううう！　想像しただけで美味しそう！

取り寄せたワインにもめちゃくちゃ合いそうじゃない？

よっし、今日は久しぶりにお酒を飲もうかな！

「ふんふんふ～ん♪」

自宅に戻る足も軽くなるというもの。

鼻歌まじりで家に到着し、その足でキッチンへ。

「ふんふ～ん――うえっ？」

縁側を通りかかったとき、思わずギョッとしてしまった。

そこから見える庭――。

いつもなら、白狼さんやドラゴンさんたちがのんびりしているだけなのに、おびただしい数の動物がいたのだ。

シカさんに羊さん。

けむくじゃらのトカゲに、めちゃくちゃ大きい鷲《わし》みたいな鳥もいる。

「……え？　え？　えええっ⁉」

二度見で済まず、五度見くらいしちゃったよね。

え？　なんでこんな数の動物が？

もしかしてこの子たち……神獣様？

そういえば一昨日「家を留守にするから」って白狼さんに話したっけ。

今日は朝早くから山に入っちゃったし、もしかして昨日からこんな感じだったのかな？

「なるほど、こっちも大漁でしたか……」

ピチピチと跳ねるお魚さんたちを抱え、ついそんな言葉が出てしまうのだった。

＊＊＊

そこそこ広いはずの庭に所狭しと動物たちがひしめき合っている光景は、壮観……というか、ちょっぴり怖い。

ていうか、僕がいなくても自由にのんびりして良いよって言ったけど、ちょっと多すぎないかな？

こんなに多くの神様がいらっしゃるなんて予想外すぎる。

「待てよ？　神様じゃなくて普通の動物さん、なんてことはないよね？」

だってほら、危険動物が増えてるみたいだし。

ちょっと確認してみよう。

魚を縁側に置いて、恐る恐る庭に出る。

僕の姿に気づいて、寝ている神獣様（仮）がちらりとこちらを見たけど、すぐに顔を伏せた。

僕への警戒心はないみたい。

普通の動物さんだったら逃げ出しちゃうだろうし、やっぱり神獣様なのかな。

よくよく動物さんたちを見ると、少し不思議な見た目をしていた。

例えば、納屋のヒサシの下で眠っているシカさんは、角にキラキラと輝く刺繡みたいなものが入っている。

その文様が少しだけ光っていて、なんとも神々しい。

「……あ」

なんて思っていたら、シカさんが僕の視線に気づいた。

ゆっくりと立ち上がって、トコトコとこちらにやってくる。

「こんにちは。お邪魔させていただいております、アキラ様」

「……えっ、言葉が喋れるんですか？」

「はい」

なんと。

これは間違いなく神獣様だ。

「突然大勢で押しかけてしまい、申し訳ありません」

「い、いいえ。全然大丈夫ですよ」

ちょっと驚いたけど。

「ここにいらっしゃる方たちは、全員神獣様なんですか？」

「そうですね。私を含め」

シカさんは庭を眺めるように顔を上げる。

瞬《まばた》きをした瞬間、光の粒のようなものがキラリとこぼれ落ちた。

うわっ、すごい。

なんだかわからないけど、神様っぽい！

「しかし、御科岳にはこんなに沢山の神獣様たちがいらっしゃったんですね……」

「これで全員ではありませんよ。まだ山の中で警戒している者も多いです」

「そ、そうなんですね」

ちょっとあっけにとられてしまった。

そうですか。まだまだこんなものじゃないですか。

てか、彼らが一斉に来たとして、この庭に入りきるのかな？

「多くの神獣たちがジェラノに集まっているのには理由があります。ここ最近、神域の力が強まっていまして、長期休養のために訪れたいという者が増えているのです」

「長期休養」

つまり……バカンス的な？

なるほど。ここは神獣様たちのリゾート地みたいになってるってわけか。

神域ってそんな効果もあるんだなぁと感心しちゃったけど、僕も療養してるわけだし同じようなもんか。

「状況は理解しました。お邪魔してすみませんでした。どうぞごゆっくりお休みください」

「ありがとうございます」

頭《こうべ》を垂れ、シカさんが再び納屋のヒサシの下へと歩いていく。

そんなシカさんと入れ替わるように、家のほうからピンクリボンのモチを先頭にアヒルちゃんたちが並んで歩いてきた。

「くわっ、くわっ」

神獣様たちを気にする様子もなく、彼らの隙間を縫ってヨチヨチと歩いていき、池のほとりでアクセサリーを器用に外しはじめる。

「くわ～っ」

そして、池の中にポチャン。

気持ちよさそうに、パチャパチャと毛づくろいをはじめた。

「この状況に全く動じてないな……」

どんなことが起きようとも、自分たちのやりたいことを曲げない。

流石はウチのアヒルちゃんたちである。

心臓に毛が生えてそう。

「しっかし、いろんな神獣様たちがいるんだな」

庭を眺めて改めて思う。

哺乳類や鳥類、爬虫類まで多種多様な姿をしていらっしゃる。

哺乳類ひとつをとっても、シカや羊みたいな草食獣から、クマやイノシシのような肉食獣まで――。

「あっ」

そのとき、とあることに気づく。

「もしかして、御科岳で目撃された危険動物って……神獣様たちのことでは？」

シカさんは、「まだ山の中で警戒している者も多い」と言っていた。

多くの神獣様たちが御科岳の各地にとどまり、中には麓の町近くまで降りてしまった神獣様もいるのかもしれない。

それで、麓の住人たちの目に留まる機会が増えてしまった。

多分……いや、絶対そうでしょ。

「……え？　てことは、元を返せば危険動物騒ぎって僕のせい？」

だってほら、神獣様たちが足止め食らっちゃってるのは、僕がここに住みはじめちゃったせいだし。

僕のせいで麓の町の人たちを不安にさせていたと言っても過言ではない。

……気まずい。

とてつもなく、申し訳ない。

これは一刻も早く神域は安全だと神獣様たちに広めなければ。

「けど、どうやって？」

神域は安全ですよと言いながら山の中をまわっても、余計に警戒されるだけだろうし。

う～む。どうしよう。

「くわっ」

水浴びを終えたモチがやってきた。

いつの間にか、しっかりピンクのリボンをつけている。

どうやってつけたんだろ？

そんなモチが、ヒョコッと僕の顔を覗き込む。

「サカナ」

「え？」

「サカナ、ドウシタが〜？」

「……あっ」

しまった。縁側に放置したまま、すっかり忘れてた。

今日使わない分は冷凍保存しとかないと味が落ちちゃう。

「サンキュー、モチ。今日の晩ご飯はニジマスのレモンバターホイル焼きだから、楽しみにしといて」

「くわっ！」

というわけで、神獣様の件は一旦保留してキッチンへと急いで向かう。

魚は冷凍保存する前に血抜きをして締める必要があるんだけど、初めての作業だったので一時間くらいかかってしまった。

ちなみに、やり方は勘吉さんに教えてもらいました。

初心者でも手早くできる方法を知ってた勘吉さん、マジ神すぎる。

今日料理に使う数匹以外は冷凍庫に保存して、ようやくレモンバターホイル焼きを作ることに。

作り方は簡単。

まず、内臓を取ったニジマスを30分ほど流れる水に晒して臭みを取る。

それから、大きく切ったアルミホイルに玉ねぎやシメジと一緒にニジマスを乗せ、塩コショウを振った上にバターと輪切りにしたレモンをのせる。

最後にホイルをしっかりと閉めて石窯で焼く。

ニンニクなんかを入れても美味しい。

コンビニ弁当ばかりのリーマン生活をしてたのに、なんでこんなにホイル焼きに詳しいかというと、実家で母がよく作ってくれていたからだ。

ウチの実家は共働きで忙しかったから、お手軽で美味しいホイル焼きをよく作ってくれてたんだよね。

つまり、これが僕の「故郷の味」のひとつってわけ。

他にも旬の山菜を使った「七草粥《ななくさがゆ》」とか良く作ってもらってたっけ。

懐かしいな。

「そういえばスローライフマニュアルにも七草粥の作り方が書いてあったな」

神域のことはこれっぽっちも書いてなかったのに。

もしかすると、おじいちゃんが母に作り方を伝えたのかもしれないな。

今度チャレンジしてみよう。

時計を見るとお昼の3時。

あとは焼くだけなんだけど、晩ご飯にはちょっと早いよね？

軽めにおやつでも食べるか。

この前収穫したジャガイモで作ったポテトチップスがまだ大量に残ってるし。

石窯の準備をするついでに、モチたちに声をかける。

「お～い、みんな～。ちょっとおやつでも食べ――」

と、庭を見てギョッと固まってしまった。

縁側越しに、こちらを見ている無数の目――。

多くの神獣様たちがズラッと並んでこっちを見ていたのだ。

想像してみて欲しい。

無数の獣たちが、家の中を覗いている光景を。

彼らは神様なのでありがた～い存在なんだけど……ハッキリ言って、めちゃくちゃ怖い。

「……あのう、アキラ様？」

シカさんが硬直していた僕に声をかけてくる。

「な、なな、なんでしょう?」

「お作りになられているそれは、白狼が食べたという筆舌に尽くしがたい美味さのピなんとかという料理でしょうか?」

「え?」

白狼さんが食べたピなんとか?

なんのことだろう。

しばし逡巡《しゅんじゅん》。

……あ、ピザのことか。

「いえ、これはピザではなくて、ニジマスのレモンバターホイル焼きという料理でして」

「レモンバター?」

「はい。このアルミホイルの中にニジマスとバターが入っていて、蒸し焼きにするとすごく美味しいんです」

「ほほう」

「キュイッ」

「フゴッ」

並んだ神獣様たちが、次々と唸《うな》り声をあげる。

その額には「食べたいです」という文字が見える……ような気がする。

「……えと、食べます？」

「是非」

少し食い気味にシカさんが答える。

その口元には少しだけ光るものが……。

いや、シカさんだけじゃなく他の神獣様も。

「わ、わかりました。それでは、皆さんの分もご用意させていただきますので、少々お待ちを……」

「ありがとうございますっ！　お待ちしておりますっ！」

「キュイッ！」

「フゴゴッ！」

「ブモッ！」

シカさんの声に呼応して、神獣様たちがササッと一列に並ぶ。

うわぁ！　お行儀いい！

おまけに、ちゃっかりモチたちも並んでるし。

だけど、どうしよう？

神獣様にも食べてもらうとなると、１匹、２匹じゃ済まないよね？

これは今日釣った魚全部ホイル焼きにするしかないか。

てなわけで、さっき冷凍庫に突っ込んだ魚を出して、キッチンと庭の石窯を何度も往復することに。

気分は人気レストランの料理人だ。

「くわっ」

「ぐっ」

「ぐわ、ぐわっ」

アセアセと動いていると、アヒルちゃんたちがやってきた。

おやつをもらいに来たのかな?

と思ったんだけど、石窯をツンツン突きはじめる。

「……え?　もしかして手伝ってくれるの?」

「テツダウが～」

「が～」

「マカセロが～」

「お、お前ら……っ」

まさか料理まで手伝ってくれる日が来るなんて……。

パパ感動した!　パパじゃないけど!

モチたちに協力してもらい、バケツリレーの要領でキッチンから石窯まで次々とホイルにくるまれたニジマスが運ばれていく。

結局、全員分のホイル焼きが完成したのは夕方6時くらい。

良い感じの夕食タイムだ。

だけど、どこで食べよう？

リビングに上がってもらうには神獣様の数が多すぎるし。

「……やっぱり縁側と庭か」

ホント、このパターンが増えてるよね。

そろそろ納屋とかにテーブルと椅子を用意したほうが良いかもしれないな。

「お待たせしました神獣様。料理が完成しました」

「おおっ、実に美味しそうな香りがします！」

スンスンと鼻を鳴らすシカさん。

一列に並んでいる神獣様たちに、ひとつずつホイル焼きを配っていく。

配り終えたところで縁側の周囲に集まって、みんなで手を合わせる。

「それでは、いただきます！」

「いただきます」

「キュッ！」

「フゴゴッ！」

「ガウッ！」

一斉にニジマスに食らいつく神獣様たち。

なんだかすごい光景だな。

一心不乱に食べる様子は可愛くもあるけど……って、眺めてても腹は膨れないな。僕も食べようっと。

ホイルを開いた瞬間、バターの香りが鼻腔をくすぐった。

これは美味そう。

早速、パクリ。

ニジマスの甘みとバターの濃厚な味がよくマッチして、食べたあとにレモンのさわやかさが口の中に広がっていく。

ホクホクで食感も最高だし……うん、これはめちゃくちゃ美味しい。

「……いやぁ、これは美味ですな！」

シカさんの声。

なんだかハイテンションになっている。

表情はわからないけど、すんごく喜んでるみたいだ。

「白狼がアキラ様の料理を気に入っている理由が良くわかりましたよ」

「え？　気に入ってくれてるんですか？」

「はい。『我が人生であれほど美味しい料理は食べたことがない』と。原三郎様の料理も大変美味でしたが、アキラ様の料理はなんというか……神域の力を感じます」

「そ、そんな、大げさですよ」

神域の力を感じるとか。

確かに僕ってば影響されやすい体質だけど、流石に神域に影響されるわけがないし。

料理の腕なんて素人レベルだし、素材が良いだけだと思いますよ？

「えへ、えへへ」

だけど、つい頬が緩んでしまう。

神様に褒められるなんて、この先二度となさそうだもん。

よし、今度白狼さんが来たら、いつもの倍くらいのご飯をごちそうしちゃおうっと。

しかし、と美味しそうにニジマスを食べているシカさんを見て思う。

改めて……というか、近くでまじまじと見て気づいたんだけど、シカさんってば、すんごい肌触りが良さそうな毛並みをお持ちでいらっしゃるな。

普通シカって、ゴワゴワとしたタワシみたいな毛並みだよね？

フワフワしてて羽毛みたいに風に揺れてるし。

なんて思っていると、ばっちりシカさんと目が合う。

「……撫でますか？」

もくもくとニジマスを食べながら、シカさんが尋ねてきた。

即座にこくりと頷いてしまった。

「自慢ではないですけど、私の毛並みはリュミナス1だと自負しております。本来なら神獣《しんじゅう》巫女《みこ》様だけしか触れてはいけないのですが、原三郎様のお孫様ならかまいません。どうぞご堪能ください」

「そ、そうですか……では」

お言葉に甘えて、そっとシカさんの毛に触れる。

瞬間、手のひらがフワフワの毛の中に埋もれてしまった。

こ、これは……っ！

凄まじく柔らかくて、温かくて……この世のモフモフじゃない！

さ、流石は異世界一の毛並み……。

顔を突っ込んでみたくなる。

「くわわっ！」

「……あ痛っ⁉」

ズドドドッと飛んできた（実際には走ってきたんだけど）モチに、お尻をマシンガンみたいに突っつかれてしまった。

烈火のごとく怒ってるっぽい。

な、なんで？

「もしかしてお前、妬《や》いてるのか？」

「くわっ！」

ビシッ！

痛いっ！

良くわからんけど、めちゃくちゃ痛いからやめて！

なんてやっていると、今度は僕の前に神獣様の列ができていた。

「な、なんでしょうか？」

「美味しい料理をごちそうしてくださったアキラ様にお礼が言いたいと」

通訳してくれたのは、シカさん。

なるほど。白狼さんといい、やっぱり律儀な方たちだ。

言葉が喋れない神獣様がほとんどだけど、ありがとうと言いたげにひとり……じゃなくて一柱ずつ挨拶をしに来てくれた。

神様にお礼を言われるって、恐れ多いです……。

そんな不思議体験をしていると、ふと空が暗くなっていることに気づく。

時計を見ると、夜の8時を回っていた。

うわ、もう寝る時間じゃん。

「よし、片付けをして今日はお開きにしましょうか――って、あれっ？」

いつの間にか、縁側には僕とモチたちだけになっていた。

庭にも神獣様たちの姿はない。

いつの間にか帰ってしまったみたい。

そういえば白狼さんもいつの間にか現れて、いつの間にかいなくなっちゃうことがたまにあるんだよね。

なんとも神秘的というか、不思議というか。

まさに神様って感じだ。

「……お前たちはいつの間にかいなくならないでくれよ？」

「くわ？」

「が？」

「ぐっ？」

同時に首をかしげるモチたち。

う～ん、本当に可愛いやつらだなぁ。

そして、翌日。

朝起きてから縁側のカーテンを開けたんだけど、まだ誰も来ていなかった。

昨日は遅くまでいたし、集まるのはお昼くらいなのかもしれない。

なんて考えながら朝の体操をしようとモチたちと庭に出ると、納屋に変なものが置かれていることに気づいた。

「……あれって、木の実？」

木で作られたお皿に、いろんなものが載せられていた。

山ほどの山菜に、木の実。

ニジマスにイワナ。

仕留めたばかりだと思わしきウサギやシカ。

もしかしてこれって、神獣様たちが置いていってくれたのかな？

「……うわ、金貨まであるよ」

キラキラと輝く、見たこともない貨幣だ。

なにやら読めない文字が刻まれていて、誰かの横顔が掘られている。

異世界の王様なのかもしれない。

間違いなく昨日のお礼なんだろうけど、本当に律儀な方たちだなぁ。

だけど、どうしよう？

ウサギとかシカの解体なんて、できないし。

勘吉さんに頼んでジビエを扱ってる人に来てもらう必要があるよね？

「……でも、この量はすごいなぁ」

木の実ひとつ取っても、とてもひとりで食べられる量じゃない。

勘吉さんとか神埼さんにおすそわけしても、まだまだ余りそう。

良い保存の仕方があれば、ひと月は余裕で食べていけそうだ。

「もしかして、ここで神獣様たちをおもてなししてるだけで食いっぱぐれない？」

まさに神域リゾート地。

お疲れの神獣様、おもてなしいたします――。

うん。なかなかに良い謳《うた》い文句じゃなかろうか。

＊＊＊

山暮らし44日目。

今日は麓の町のスーパーに買い出しに行く予定。

ネットで注文しても良いんだけど、家を出て遠出したい気分なのだ。

まぁ、遠出って距離でもないんだけど。

「スーパーに行くんだけど一緒に行く？」

「……くわ～」

ソファーの上から、興味なさそうなモチの返事が。

鳴き声のテンションから断られたみたい。

一緒にポテとテケテケも寝てるけど、ふたりは返事すらしない。

別に良いんだけど、ちょっと悲しい。

この前の釣りのときみたいに、山の中に行くぞ～ってなったら我先にと家を飛び出すんだけどな。

スーパーに行くのも楽しいよ？

ホームセンターと違って、車の中でお留守番になっちゃうけど。

……あ、もしかしてそれが嫌なのかな？

だけど、食品を売ってるスーパーの中に入れるわけにもいかないしなぁ。

キャリーバックの中に入ってもらってもダメだろうし。

やっぱりお留守番が一番か。

「……ん？」

ひとりさみしく駐車場に行くと、妙な光景が目に止まった。

停めてある僕の軽トラをしげしげと見ている、小さな子供――。

念のために言っておくけど、僕の軽トラはごく普通のもの。

ダ○ハツ製の白くて小さいやつ。

荷物が沢山載るのですごく便利だけど、子供が喜びそうな人形をダッシュボードに置いているわけでもないし、ステッカーを貼っているわけでもない。

なのに……すんごく熱心に、子供が見ている。

な、なんだろう？

しかもあの子、金髪ツインテールの女の子じゃない？

見たところ小学生くらいだから、ギャルってわけじゃなさそうだし。

……え⁉　てことは外国の子供⁉

都会や観光地ならまだしも、こんなド田舎の山奥に外国人の子供って。

もしかして、迷子とか？

「あの……？」

「ひゃいっ⁉」

そっと声をかけたんだけど、金髪の女の子はひどくびっくりしたのか、ピョンと飛び跳ねた。

か、可愛いな。

「こ、こんにちは。えっと……僕の車になにか？」

「……え？　クルマ？」

眉根を寄せる女の子。

「クルマ……これは魔道具の一種なのでしょうか……しかし、これといって魔力は感じませんし……生命反応もなくて……ブツブツ」

訝しげな表情で軽トラの周囲を歩きはじめる。

なんだか様子が変だな？

いや、よく見ると様子だけじゃなくて格好も変だ。

鎧《よろい》みたいな胸当てを付けてるし、すごく綺麗なフリフリのレースが付いたドレスを身にまとっている。

その腰には、短めの剣。

さらに——耳がすんごく尖《とが》ってる。

これは明らかに日本人……いや、外国人でもない気がする。

「あ、あの、失礼ですが、どちら様でしょうか？」

恐る恐る尋ねた。

女の子はキッと僕を見ると、ツカツカと急ぎ足でこちらにやってくる。

「それはリノアのセリフでございます！」

「……えっ？」

「あなたこそお名乗りください！　ここは原三郎様がお守りになられている神域……子供が来て良い場所ではありません！」

「子供？」

え？　どこ？

キョロキョロと辺りを見渡す。

女の子がギロリとこちらを睨《にら》みつける。

「どこを見ていらっしゃいますか！　あなた以外に子供はいないでしょう⁉」

「えっ？」

どうやら僕のことらしい。

オッサンに片足を突っ込んでる年齢なんだけど、子供に子供呼ばわりされちゃったよ。

「原三郎様はどちらに⁉　返答次第では、このリノア・リンデミッテ、容赦いたしませんっ！」

金髪の女の子、リノアちゃんが腰に下げていた剣をスラリと抜いた。

「さぁ、お答えください！　原三郎様はいずこに⁉」

チャキッと剣を突きつけてくる。

背中に寒いものが走った。

「……っ⁉　っ⁉　っ⁉」

ちょ、ちょっと待って⁉

怖いし急展開すぎるし、状況に頭が追いついてないんですけど⁉

ていうか、おじいちゃんのことを知ってるみたいだけど、まさか隠し子とかじゃないよね⁉

ここに来て相続問題に発展とか、イヤだよ!?

「ふむぅ……お答えになりませんか」

ぷうっと、ほっぺを膨らませるリノアちゃん。

「であれば、仕方有りません！　聖なる神域を守るため……あなたには、ここで死んでいただきますっ！」

「うえええっ!?」

素っ頓狂な声が出ちゃった。

思わずあとずさり。

「ちょ、待って――」

「問答無用でございますっ！　てぇぇいっ！」

剣を振りかぶり、タタッと走ってくるリノアちゃん。

手にしている剣は相当小さいけど、斬られたらめちゃくちゃ痛そう。

これは、抵抗せずに逃げたほうが良い。

そう考えた僕は、一目散に引き返す。

「あっ、逃げるとは卑怯《ひきょう》な！　神妙に死ぬでありますっ！」

「そんな無茶苦茶な！」

慌てて庭の中に逃げこみ、裏口を閉める。

「……キュッ？」

庭でのんびりしていた神獣様たちが何事かと僕を見た。

ど、どうしよう？

神獣様たちに助けを求める？

だけど、神獣様たちにも危害が及ぶ可能性があるし――。

「せいやあああっ！」

「……っ!?」

女の子の叫び声が耳をつんざく。

艶やかな金髪をなびかせ、シュタッとリノアちゃんが僕の目の前に着地した。

「このリノアから逃げることなどできませんよ！」

「うえええっ!?　壁を飛び越えてきたの!?」

「この程度、造作もないことであります！　えっへん！」

フンスと鼻を鳴らす、ドヤ顔のリノアちゃん。

可愛いし、すごい身体能力！

見た目は小学生くらいだけど、オリンピックの走り幅跳びとかで世界新記録更新できそう！

――なんて感心してる場合じゃなくて！

これって絶体絶命のピンチってやつじゃない!?

壁に追い込まれた形になっちゃったし、やっぱり神獣様に助けてもらったほうが良いかも。

と思った、そのときだ。

「くわっ！　くわっ！」

家のほうから、ドドドッとモチたちが走ってきた。

まるで僕を守るように、３羽のアヒルちゃんたちがリノアちゃんの前に仁王立ちする。

「ぐわっ！」

「ぐっ！」

「がーがー！」

「……むむっ、あなたたちは」

驚いたような顔をするリノアちゃん。

そんな彼女にモチが続ける。

「くわっ、がーがー！」

「えっ？　原三郎様がお亡くなりに？」

「ぐわっぐわっ」

「この方は……お孫様!?　原三郎様の代わりに神域の守り人を!?」

「がー」

「そ、そんな馬鹿な……！　だってこの方、原三郎様とは比べ物にならないほど間の抜けた顔付きじゃないですか！」

「……」

ん、ちょっと待って？

キミ、しれっと失礼なことを言ってない？

や、確かにおじいちゃんは精悍《せいかん》な顔付きをしてたけど。

というか、ビックリしすぎてスルーしちゃったけど、さも当然のようにアヒルちゃんたちと会話してるよね？

さっきの身体能力といい、この子って一体何者？

リノアちゃんは愕然《がくぜん》とした顔で続ける。

「し、しかし、こんな若い男性に神域を任せるなんて……」

「ぐわっ」

「がーがー」

「くわっ、くわっ」

モチに続き、ポテやテケテケも身振り手振りを加えながら説明している……ような気がする。

「ええっ⁉　し、神獣様たちが懐いていらっしゃる⁉　神獣巫女でもないのに、撫でたりモフモフしたり⁉　冗談でしょう⁉」

リノアちゃんの素っ頓狂な声に引き寄せられるように、庭でくつろいでいた神獣様たちも僕のそばへとやってきた。

キツネっぽい見た目の神獣様に、ロバみたいな小さい馬の神獣様。

言葉はわからないけど、「大丈夫？」と言いたげに僕の顔を覗き込んでくる。

「……キュッ？」

「だ、大丈夫ですよ。ありがとうございます」

頭をナデナデ。

あんまり馴れ馴れしく触らないほうが良いのだろうけど。

神獣様たちはほっとしたようにひと鳴きすると、元の場所へと帰っていった。

それを唖然とした顔で見ているリノアちゃん。

「しっ、信じられません。神獣様たちが心を許しているなんて……あなたは本当に原三郎様のお孫様なのですか？」

「は、はい、そうですね。一応」

「……」

リノアちゃん、しばし黙り込む。

そして、おもむろに剣を納めると深々と頭を下げてきた。

「た、大変失礼しました。ここまでの無礼な言動、この通りご容赦くださいませ」

「あ、いえ……」

ようやく、ほっと胸をなでおろす。

かなりびっくりしたけど、解ってくれて良かった。

「改めて自己紹介をさせていただきます。わたくし、リュミナスの王都フェランディオスを総本山とする聖道教会《せいどうきょうかい》の騎士巫女《きしみこ》にして神獣巫女、リノア・リンデミッテと申します」

「……え？　あ〜、えと、御神苗アキラです」

ピシッとカッコよくポーズを決めるリノアちゃんとは裏腹に、呆《ほう》けた返事をしてしまった。

なんだか妙な単語が一杯出てきたから良く理解できなかったけど、たぶん異世界からやって来たってことだよね？

うん、そっか。

なんとなくそうじゃないかと思ってたけど……なるほど。

神獣様の次は、異世界人が来ちゃった感じですか。

＊＊＊

ひとまずリノアちゃんに、ここに住むに至った経緯を説明するためリビングに案内することに。

いや、誤解は解けたわけだし終わりにしても良かったんだけど、異世界のこととかも色々と聞きたかったしさ。

「大したおもてなしはできませんが、どうぞ」

「……」

玄関まで来たところで、リノアちゃんは唖然とした顔で立ちすくんだ。

「ど、どうしました？」

「まさか神屋《しんおく》にお邪魔できるなんて、リノアは光栄でございます」

なんだか感激している様子。

そんなに大したものじゃないと思うんだけどな。

いや、住まわせてもらってるやつが偉そうに言うなって話なんだけどさ。

「失礼いたします」

ペコリとお辞儀をして、いそいそと靴を脱ぐリノアちゃん。

そして、土間から式台に上がったとき、びっくりしてしまった。

彼女の背がギュギュッと縮んでしまった！

——といっても、実際に背が縮んじゃったわけじゃなく。

よく見えてなかったけど、リノアちゃんはかなりの厚底ブーツをはいていたみたい。

すんご～く底の部分が長い。

「……リノアの靴になにか？」

「い、いいえ、なんでもありませんごめんなさい」

ヤバいヤバい。

めっちゃ睨まれた。

これ、絶対気にしてるやつだ。

厚底靴を脱いだリノアちゃんはサイズ的に小学生から幼稚園児になっちゃったけど、雰囲気的には子供って感じはしないんだよね。

一挙手一投足が大人びているっていうか、気品を感じるっていうか。

「お茶を用意するので、くつろいでいてください」

「ありがとうございます」

リノアちゃんはお辞儀をしてからしばし思案し、ソファーの端っこにちょこんと座った。

う〜む、やっぱり品があるなぁ。

もしかして見た目以上に大人なのかもしれない。

「……さて、なにを出そうかな」

キッチンで頭を捻ってしまった。

やっぱり日本茶が良いかな？

だけどリノアちゃんは異世界人だし。

剣と鎧を身につけてるところを見る限り、異世界は中世くらいの文明レベルなのかもしれない。

　となると、お茶よりワインのほうが良い？

　だってほら、あの時代の人って水のようにぶどう酒を飲んでたって聞くし。いやでも、未成年だったらまずいか？

　結局、ふたり分のお茶と、あとからやってくるであろうアヒルちゃんたち用にミルクを用意してリビングへと戻る。

「ど、どうぞ」

「……？」

　差し出した湯呑みを見て、リノアちゃんが首をかしげる。

「これはなんでございましょう？」

「ええと、日本茶です」

「ニホンチャ……」

　リノアちゃんは訝しげな表情でくんくんと香りをかぐと、おっかなびっくり口をつけた。

「に、にがっ……」

　くしゃっと顔をしかめるリノアちゃん。

　だけど、すぐにスンッと澄ました顔をする。

「お、お、美味しゅうございます！」

「良かったです。おかわりもありますので」

「お、おか……っ⁉　け、結構でございます！」

あれ？　あまり口に合わなかったのかな？

やっぱりワインのほうが良いのかも。

なんて思ってると、トテトテッとアヒルちゃんたちがやってきた。

「んが～」

「くわっくわっ」

「ぐわ～っ」

「はいはい、ちょっと待って」

ミルクをあげると、嬉しそうについばみはじめた。

ミルクなんて普通のアヒルは飲まないだろうけど、この子たちは好物みたいなんだよね。ホント変なやつらだ。

「改めて、先ほどのご無礼、申し訳ありませんでした」

リノアちゃんが小さく頭を垂れる。

つられて僕も頭を下げる。

「いえ、こちらこそしっかり説明するべきでした。ここって神獣様たちが療養する大切な場所みたいですし」

「お心遣い、痛み入ります」

ニコリと微笑むリノアちゃん。

「ここ最近、原三郎様がいらっしゃらないという話を耳にしまして、神獣様たちに状況を詳しく聞いたところ、見知らぬ若い男性が頻繁に出入りしていると」

見知らぬ若い男。

間違いなく僕のことだな。

「それで、直感で賊の手に落ちてしまったと考えたリノアは、神域を聖潔な神の手に戻すべく、こうして馳せ参じたというわけです」

「な、なるほど……」

リノアちゃんが言う「神獣巫女」とは神獣様に仕えてる国家公務員のようなもので、療養中の彼らを外敵から守るという大切な役割があるという。

一方で神域を守り、そこを訪れる神獣様たちをもてなす「守り人」というのがおじいちゃんの役割だったらしい。

なるほど〜。ここに来て、すごい事実が発覚しちゃったな。

ウチのおじいちゃんってば、異世界の人たちと交流してたんだね。

スローライフマニュアルに書いておいて欲しかったなぁ……。

「アキラ様は原三郎様のお孫様なのですよね？」

「そうですね。ええと……ちょっと説明しますね」

僕がここに住むことになった経緯をひと通り説明した。

3ヶ月半ほど前に、おじいちゃんが亡くなったこと。

そして、体を壊して仕事を辞めて、療養するためにアヒルちゃんたちと山暮らしをはじめたこと。

「そういうことでしたか」

ふむ、と唸るリノアちゃん。

だけど、その表情は不満が払拭《ふっしょく》されていない……というか、全然納得していない感じがする。

「アキラ様は原三郎様のお孫様。とはいえまだお若く、神域を守る『守り人』としての自覚があるとは到底思えません」

「そうですね」

だって、その守り人ってのになるつもりなんてないし。

半リタイアしてアヒルちゃんたちとのんびり山暮らしをしてるだけだもん。

「ちなみに、おじいちゃんが守り人をやっていたんですよね？」

「そうです」

「どんなことをやってたんです？」

「原三郎様は神域の効力を保つために血の滲《にじ》むような努力をなさっていました。庭掃除に害虫駆除……表の畑では沢山の命を育み、生命の息吹を循環させる。また、時折ジェラノに足を踏み入れ、危険分子が紛れ込んでいないかお散歩されていて――」

「僕がやってることじゃん！」

思わず突っ込んでしまった。

それって、ただのスローライフ！

「ち、違いますよっ！」

バッと立ち上がったリノアちゃんが、プクッと頬を膨らませる。

なんだ、なんだ？　すごく可愛いぞ？

「一緒ではありませんよ！　たとえ同じことをやっていたとしても、決意と使命感を持つことに意義があるのですっ！」

「そ、そうですか」

良くわからないけど、感情論理的だな。

ていうか、同じことをやってるって認識はあるのね……。

「と、とにかくですね！　アキラ様が原三郎様から守り人の役目を継ぐのであれば、もっも～っと努力が必要ということでございますっ！」

「わ、わかりました。努力します」

だって、今やってることを続ければ良いだけっぽいし。

まぁ、継ぐつもりはないけど。

僕が即答したのが意外だったのか、目をパチパチと瞬かせるリノアちゃん。

「……わ、解っていただけるなら、良しですが」

ストンと腰を下ろす。

それからリノアちゃんは、自身のことを色々と教えてくれた。

さっきも言ってたけど、彼女は異世界リュミナスにある大きな国の王都出身で、神獣に仕える聖道教会所属の神獣巫女であり騎士巫女だという。

リノアちゃんは神獣様たちの世話をしたり一緒に戦ったりする、誉れ高き仕事をしているんだとか。

小さいのに大変だなぁ——と思ったけど、ちゃんと成人しているらしい。

リノアちゃんはコロモックル人という種族で、見た目は子供だけど立派な大人なんだって。

合法ロリ……いや、なんでもないです。

「が〜」

モチがミルクのおかわりを要求してきた。

反射的にミルクをお皿に注ぐ。

そうなることを予想して、牛乳パックを持ってきてたんですよね。

「あ、そういえばリノアちゃん」

「わたくしのことは『リノアさん』とお呼びください」

ムッとした顔をされた。

子供扱いされるのが嫌いなのかもしれない。

威厳を大事にしてる感じっぽいし、そういうところ大事だよね、リノアちゃん。

「えと、リノアさん」

「はい、なんでございましょう?」

一瞬で怒った顔から、天使スマイルへと変化する。

「さっき、ウチのアヒルちゃんたちと話をしてたみたいですけど、知り合いなんですか?」

「アヒル……? ああ、そちらのグリフィン様たちですか?」

「グリフィン?」

首をかしげてしまった。

「はい。今はアヒルの姿をしていらっしゃいますが、本来の姿は猛々《たけだけ》しい大鷹《おおたか》の翼と上半身に、強靭《きょうじん》かつしなやかな獅子《しし》の下半身を持つ神獣様でございます」

「……マジですか」

そこはかとなく、ビビってしまった。

いや、前からもしかして神獣様なんじゃないかなとは思ってたけど、そんなすごいお方だったんですね。

幸せそうな顔からは全然想像できないよ。

「だけど、どうしてアヒルの姿に？」

「3年前から続いている神魔戦争《しんませんそう》で魔力を失ってしまったからでございます」

リノアちゃん曰く、異世界で魔物との大きな争いが起きていて、そこで力を失ったグリフィン様はアヒルちゃんの姿になってしまったらしい。

神魔戦争……そういえばそんなこと、白狼さんもいってたっけ。

アヒルちゃんたちの本来の姿はゆうに数メートルを超える巨体で、それを維持するのは大量の魔力が必要なんだとか。

「しかし、グリフィン様たちがこうも懐いているなんて驚きでございます。本来なら、わたくしたち神獣巫女にすら、こうも心をお開きにはならないのに」

え？　そうなの？

初対面のときからすんごく横柄……じゃなくて懐いてた感じだったけど。

リノアちゃんが、ジトッとした目で僕を見る。

「……もしかしてアキラ様、なにか良からぬことをしていらっしゃいませんか？」

「えっ？　良からぬこと？」

ちょっとドキッとしてしまった。

いやいや、寝てるときに羽毛の中に顔を突っ込んで、こっそりモフモフしたりしてませんよ？　決して。

「あっ！　今、ドキッとしましたね⁉」

「……っ⁉　し、してません！」

「いいえ、しました！　グリフィン様たちの思考を操るために、『操心《そうしん》の霊薬《れいやく》』を食事に混入させてるんじゃありませんか⁉」

「してませんよそんなこと！」

というか、なんですかそれ⁉

異世界にはそんな危険な薬があるの⁉

「薬なんて使ってないし、アヒルちゃんたちにはウチで採れた野菜とか、ホームセンターで買ってきたペレットしかあげてませんから」

「信じられません！　今すぐグリフィン様たちのご飯を出してください！　この聖道教会の神獣巫女リノア・リンデミッテが、曇りなき眼でその食事を改めさせていただきます！」

「いや、今すぐって……」

「さぁ！　今すぐ食事をお出ししてください！　さもないと――」

グリュリュリュリュリュ。

まるで地響きのような音が鳴った。

リノアちゃんのお腹である。

「……」

静寂。

沈黙。

モチが「が～？」と可愛く鳴いた。

「えと、お腹、空いてます？」

「……す、少しだけ」

恥ずかしそうに頬を赤らめるリノアちゃん。

今のお腹の音は、少しってレベルじゃないと思うけど。

でもまぁ、実際に料理を見てもらったらわかると思うし、とりあえずご飯にしますかね。

＊＊＊

ご飯にしようとは言ったものの、なにを作ろう？

しばしキッチンで悩んでしまった。

昨日の残り物を出すわけにもいかないし。

神崎さんならお酒を出しとけば喜んでくれそう（失礼すぎる？）だけど、今回のお客さんは異世界人……。

できればこっちの世界の美味しいご飯を食べて欲しいよね。

それ如何で、こっちの世界の印象が変わりそうだし。

「それって結構、責任重大なのでは？」

僕には荷が重すぎる。

三つ星レストランのシェフでも呼ぶべきじゃなかろうか。

もちろんそんなことはできないので、スマホを使ってちょっと料理レシピを検索することに。

こういうときに料理レシピサイトってホント助かる。

一流シェフと同等の味……とまではいかないけど、失敗することもないからね。

今回は冷蔵庫の中身と相談して、春野菜のソテーと魚のフライ、さらに山菜ご飯を作ることにした。

だけど、ちょっぴり時間がかかりそう。

先に畑で取れたエシャレットを食べてもらおうかな。

リビングで待っているリノアちゃんのところにエシャレットを持っていったら、不思議そうに首をかしげられた。

「それは、ネギでございますか？」

「ラッキョウの一種で、エシャレットっていう野菜ですよ」

ドヤ顔で説明してるけど、勘吉さんからの受け売りです。

以前、勘吉さんにもらったのがすんごく美味しかったから、ウチの畑でも作ってみたんだよね。

「料理ができるまで少し時間がかかるので、これを先に食べていてください」

「わ、わかりました。でも、どうやって食べればよろしいのでしょう?」

「こうやって味噌を付けて……そのままイケます」

パクッ、シャキッ。

うん、美味しい。

ラッキョウっぽい風味と味噌がすごくマッチしてるし、シャキシャキした歯ごたえがたまらない。

しばし僕のことを不思議そうに見ていたリノアちゃんだけど、やがて小さなサイズのエシャレットを手にとってパクリと食べた。

パッと驚いたような顔をする。

「……あ、パリッとした歯ごたえで美味しいです」

「でしょ?」

「このソースはなんなのでしょうか?」

「味噌という大豆を発酵させたものです。日本の伝統食材というか」

「ふむふむ、なるほど……この味噌というソースがこの野菜の美味しさのミソなのですね……」

「え？　味噌がミソ？」

しばし、ぽかんとしてしまう僕たち。

ハッと気づいたリノアちゃんの顔が、みるみる赤くなっていく。

「ち、ちち、違います！　そういう意味で言ったのでは……」

「あはは、うまいですね。食材なだけに」

「だ、だから違いますってば……っ！」

「それでは料理を作ってきますので、少々お待ちください」

ぷーっとほっぺを膨らますリノアちゃん。

怒りの矛先を見失ってしまったのか、隣でウトウトしていたモチをヒョイと抱えあげ、全身を撫で回しはじめる。

モチ、完全にとばっちりである。

だけど、流石神獣様に仕える巫女様。

力加減が良い塩梅《あんばい》なのか、モチはすごい嬉しそう。

あとでその撫で方、教えてもらおうかな。

てなわけで。

リノアちゃんにエシャレットとモチを堪能してもらっている間に、パパッと料理を作ることに。

野菜のソテーに使ったのは、アスパラガスに菜の花、春キャベツなどなど。フキノトウとウドも今が旬なんだけど、そっちは山菜ご飯に使わせていただいた。

30分ほどで全部の料理が完成。

早速盛り付けをして、リビングに持っていく。

「おまたせしました。料理ができました——って、あれ？」

リビングにリノアちゃんの姿はなかった。

ソファーはもぬけの殻。

モチたちもいない。

一体どこに行ったんだろう？

ひとまず料理を置いて、家の中を探し回る。

トイレかなと思ったけど、いなかった。

玄関を見たところ、リノアちゃんの厚底靴がない。

てことは外かな？

庭にまわってみる。

神獣様を撫でているリノアちゃんの姿があった。

モチたちも一緒だ。

「ここにいらっしゃったんですね」

「断りなく席を外して申し訳ありません。しかし、リノアには神獣巫女としての務めがありますので……」

リノアちゃんが手にしていたのは、小さなブラシ。

どうやら神獣様のブラッシングをしているみたい。

これも神獣巫女さんの大切な仕事のひとつなのかな？

だけど、なんだかリノアちゃんは不満顔だ。

「どうしたんです？」

「ブラッシングは神獣様の体内にある魔力を活性化させる重要なものなのですが、ブラシだけでは効率が悪いのでございます。活性化を促進させるために魔晶石《ましょうせき》が欲しいところなのですが……」

「マショウセキ？」

「魔力を秘めている鉱石を結晶化させたものです。常にぼんやりと青く輝いているのが特徴です。この世界にはないものなので、ご存知ではないでしょうが」

「ああ、あれですか」

「……え？　知ってるのですか？」

キョトンとした顔をするリノアちゃん。

多分、白狼さんがお礼にくれたやつじゃないかな？

すんごく高価なものっぽかったから、大切に保管してたんだよね。

家から持ってくると、めちゃくちゃビックリされた。

「ど、どど、どうしてアキラ様が魔晶石を⁉」

「この前、神獣様にもらったんです。ご飯のお礼に」

「ま、まさか」

信じられないといった表情のリノアちゃん。

「魔晶石は希少価値が高いとても高価なものです。それをお礼に渡すなんて……巫女以外の人間に神獣様がそこまで心を許すわけがありません！　アキラ様は一体どんな方法を使って……はっ⁉　やはり料理に操心の霊薬を混ぜて⁉」

「してませんってば」

冷静に返す。

ひとりでなにを盛り上がっていらっしゃるのやら。

魔晶石をリノアちゃんに渡すと、手のひらとブラシの間にはさんでブラッシングをしはじめた。

まるで石の青い光が伝播《でんぱ》するように、神獣様の毛並みが輝きはじめる。

おお、すごい。これが魔力ってやつなのかな？

神獣様たちもすごく気持ちがよさそうにしてる。

それから僕も手伝って庭を訪れている神獣様たち（ちゃっかりモチたちも混ざってた）にひと通りブラッシングをしてから、ご飯を食べることに。

せっかくだから神獣様たちにも……と思ったんだけど、リノアちゃんに止められてしまった。

「まずはリノアが毒見いたします！」

ああ、そういう話だったっけ。

てなわけで、一緒に家に戻ったんだけど――。

「な、なんでございますか、この料理は!?」

テーブルの上に並んでいる料理を見て、ひどく驚かれた。

「え？　ただの野菜のソテーですけど？」

「野菜のソテー……？」

席につき、訝しげな表情でクンクンと匂いをかぎはじめるリノアちゃん。

「むむっ！　すごく……良い、香りがします」

表情から察するに、文句をつけたかったんだろうけれど、本音が漏れちゃったみたい。口の端に光るものも見えてるし。

あはは、可愛いなぁ。

ほっこりしている僕の視線に気づいたリノアちゃんは、ハッと我に返って身を正す。

「あの、いただいて……じゃなくて毒見をしてもよろしいのでしょうか？」

「もちろんです。どうぞ」

「そ、それでは、いただきます」

リノアちゃんはフォークを手に取ると、恐る恐る野菜のソテーを口にした。

「こっ、これはっ⁉」

むむむっと難しい顔をするリノアちゃん。

「お、お、お、美味しいっ⁉」

「うん、良かった〜」

いちいちリアクションがオーバーだなぁ。

手を合わせてから、僕も野菜のソテーをぱくり。

おお、すんごくやわらかくて美味しい。

流石はレシピサイトだ。

「どう、リノアちゃん？　毒なんて入ってないでしょう？」

「やわらかい歯ごたえに、しっかりとした味付け……この料理はシノリスカ霊峰を想起させる奥深さを感じます！」

「……あ、そう？」

ええっと、食レポかな？

相当お腹が減っていたのか、リノアちゃんはガツガツと一心不乱に料理を食べはじめた。

なんだか子供みたいで可愛い。

と、ズボンの裾をチョイチョイと引っ張られた。

「がー」

「ぐっ、ぐっ」

「ぐえっ」

アヒルちゃんたちが自分の皿を咥えて「はよ食べさせろ」と言ってる。

「リノアさん、この子たちにも上げて良いですかね?」

「かまいませんよ」

リノアちゃん、即答である。

毒の件はもう良いのかな?

この子、嬉しいことがあると本来の目的をすぐ忘れちゃうタイプ?

けどまぁ、リノアちゃんが良いっていうのならかまわないよね。

アヒルちゃんたちのお皿に、ソテーをドサッと入れる。

すぐにリノアちゃんに勝る勢いでガガガッと食べはじめた。

「……はぁ、沢山食べました……」

料理すべてを平らげ、すんごく幸せそうな顔のリノアちゃん。

その顔を見て、とあることを思い出す。

「あ、そうだ。とっておきの物があるんだった」

「えっ、とっておき？」

リノアちゃんの目がキラッと輝く。

なにかを期待しているような視線。

ふっふっふ、その期待に答えてあげましょう。

冷蔵庫の中から、その「とあるもの」を取り出してくる。

「こっ、これは……宝石でございますか⁉」

「いえ、いちご大福です」

今回取り寄せたのは、大隅宝屋《おおすみたからや》のいちご大福。

大正時代から続いている超老舗の和菓子屋さんで、選りすぐりの食材を使ったどら焼きやモナカなんかもある。

中でも、このいちご大福は超大人気商品。

つぶあんのコシとイチゴの甘酸っぱさがマッチしてて、ひとつ食べるともう止まらなくなっちゃうみたいなんだよね。

甘党の神獣様もいるので買ってみた。

リノアちゃんのお口にも合うと良いんだけど。

「イチゴ、ダイフク……見知らぬ食べ物でございます」

「この世界のお菓子です。甘くてすごく美味しいですよ」

「お、お、お菓子ぃ⁉」

リノアちゃんが素っ頓狂な声をあげる。

これは相当喜ばれるかな……と思ったけど、どこか呆れたような表情。

あれ？　おかしいな？

「お言葉ですがアキラ様？　わたくしは神獣の巫女である前に、りっぱな大人であり騎士でございます。そのわたくしが、このようなお菓子で子供のように喜ぶわけがうまああああああっ⁉」

いちご大福を頬張った瞬間、ピョンと飛び上がっちゃった。

「えっ⁉　ええええっ⁉　なんでございますかコレはっ⁉　周囲はふわふわとした食感なのに、中はしっとり……濃厚な甘さの向こうからやってくる、甘酸《あまず》っぱいイチゴの味……これは甘さのマリアージュ⁉」

「食レポお上手ですね」

騎士を辞めてグルメレポーターをやられてみては。

きっと大人気になると思います。

ほっぺに両手をあてがい、実に幸せそうな顔でリノアちゃんが続ける。

「お、美味しい……これは美味しすぎるでございますよっ！　アキラ様あああっ！」

「あ、じゃあ僕のも食べます？」

「はい、いただきますっ！」

一瞬の迷いもなく、受け取っちゃった。

これは相当気に入ったみたい。

結局、今回取り寄せた３つのいちご大福は、すべてリノアちゃんの胃袋の中に収まってしまった。

食べられなかったモチたちは少々不満顔。

口の周りを片栗粉《かたくりこ》まみれにした可愛いリノアちゃんが見れたので、僕は大満足ですけどね？

「はぁ……幸せでございました」

料理と和菓子を堪能したリノアちゃんは、今にも成仏してしまいそうな顔をしている。

「あの、リノアちゃん？　毒見の件はもう良いのですか？」

「……んハッ⁉」

ガバッと我に返るリノアちゃん。

ようやく思い出したみたい。

アワアワと慌てふためいて、

「あ、えと、その……ア、アキラ様の料理は大変美味しゅうございました」

ペコリと頭をさげられた。

僕もお辞儀で返す。

お粗末様でした。

「しかし、神獣様たちがアキラ様に心を許していらっしゃる理由が解った気がします。だってあなた様の料理は……すごく美味しい！」

「結論がシンプル」

あはは、と苦笑い。

だけど、疑いが晴れたみたいで良かった良かった。

これにて一件落着——かと思った矢先。

すっくと立ち上がったリノアちゃんが、こちらに向かって剣を抜いた。

「アキラ様、こちらにどうぞ」

「……え？」

な、なんだろ？

今から叩き斬る……ってわけじゃなさそうだけど。

不安を抱えつつ、言われるがままリノアちゃんのそばに。

「えと、ちょっと屈《かが》んでいただけますか？」

「こ、こうですか？」

「はい」

片膝をつくと、リノアちゃんは剣の腹の部分を僕の肩に当てる。

あ。これ、映画とかで見たことがある。

ほら、王様が騎士にするやつだよ。

なんだったっけ？

アレ……アカ……アコレード？

「アキラ様のことを完全に信用したというわけではありませんが、一時的に神域の守り人に任命いたします」

「え？　あ、ありがとうございます」

場の空気に流され、しどろもどろで答える。

いや、別に守り人になりたいわけじゃないんですけど。

でもまぁ、良いか。

今までと変わらず、のんびり山暮らしするだけだし。

ていうか、神域の守り人ってリノアちゃんが任命するのね。

それも神獣巫女さんの仕事なのかな？

リノアちゃんは剣をさやに納めると満足気に頷く。

「日々精進くださいませ。それではリノアはこれで失礼いたします」

「はい。またいらしてください」

何気なくそう答えた。

できれば人付き合いは勘弁なんだけど、リノアちゃんだったら全然苦じゃないしさ？

意気揚々と玄関に向かうリノアちゃん。

だけど、突然足を止めチラッとこちらを見る。

「……あの、アキラ様？」

「はい？」

「本当に、また来て良いのでございますか？」

「……え？」

「その、先ほど『またいらしてください』と……」

「ああ、はい。いつでもどうぞ」

「……っ！」

リノアちゃんが目を輝かせる。

「あ、あの、あのっ！　できればイチゴダイフクをっ！　また是非っ！」

吹き出しそうになってしまった。

要望されちゃったよ。

リノアちゃんは日本料理と和菓子にメロメロになってしまったらしい。

だけど、求められれば、与えねばなりますまい。

なにせここは――神獣様たちが集まる、リゾート地なのだから。

「もちろん、ご用意させていただきますよ」

そう答えたときのリノアちゃんの顔といったら。

この子、本当に成人してるのかなぁ？

＊＊＊

「アキラさ～ん！　こんにちわ～～！」

山暮らし50日目の、ある昼下がり――。

玄関のほうから女性の声がした。

この声は、神埼さん？

「ヤ、ヤバい！」

この状況を見られるのはマズい。

今日は帰ってもらおうと思って立ち上がった瞬間、庭先にひょっこりと宇宙服を着た彼女が現れた。

色々な意味でギョッとしたよね。

その姿、何回見てもビックリするからやめて欲しい。

神埼さんは、手に持った酒瓶をプラプラとしながらこっちにやってくる。

「ちょっと見てくださいッスよ！　シュコー……知り合いのツテで、すんごく良い日本酒が手に入ったから、シュコー……一緒に飲も――って、なんスかこの状況？　シュコー……」

宇宙服を着ていても、ぽかんとしているのが雰囲気でわかった。

多分、縁側に並んでいる面々を見て驚いたんだろうな。

うん、わかるよ。

縁側にズラッと人外の生き物が並んでたら、そんな反応になるよね。

僕と一緒に並んでいるのは、庭にやってきた神獣様。

そして、モチ、テケテケ、ポテのアヒルちゃんズ。

さらにはリノアちゃん。

みんなで仲良く、いちご大福を食べているのだ。

「ふっふ～ん♪　ふっふっふ～ん♪」

口の周りを片栗粉だらけにしてるリノアちゃんが鼻歌を歌いながら、足をプラプラとさせている。

どっからどう見ても、上機嫌な可愛いお子様。

これで成人している立派な大人っていうんだからなぁ……。

今でも信じられない。

宇宙服を脱いだ神埼さんも、信じられないみたいな顔をしていた。

「……アキラさん、お子さんがいたんスか？」

「いません」

即答。

そう言われるだろうなと思ってたけどさ。

色々と誤解されてるみたいなので、神埼さんに事情を説明することに。

こうなっているのには深い理由があるのだ。

先日、去り際のリノアちゃんに「いつでも来て」と伝えたのは事実だけど、あれから毎日のように遊びに来るようになったんだよね……。

最近ではタダ飯は悪いと思ったのか、畑作業とか水路の確認なんかを手伝ってくれるようになったし。

今日はピーマンの収穫を手伝ってもらい、結構な労働になっちゃったのでいちご大福をごちそうしているというわけだ。

しかし、と大福を美味しそうに食べているリノアちゃんを見て思う。

神獣巫女ってもっとこう、神獣様に仕える崇高な職業で人々から尊敬される存在だと思っていたけど、そうでもないのかな？

や、確かに神獣様たちのお世話をしているのは見かけるけど、威厳がないっていうか、ただのお子様っぽいっていうか。

いやまぁ、全然良いんだけどね？

だって彼女がここに来るようになって、良いことも起きているし。

麓の町で多発していた危険動物の目撃情報がパッタリなくなったのだ。

どうやらリノアちゃんが山の神獣様たちに「神域は安全です」って声をかけてくれてるっぽい。

お陰で庭には以前に増して多くの神獣様たちがやってくることになって、町に平和が戻ったみたい。本当に良かった。

「そういうことだったんスね。なんだかすごいことになっててウケる」

ケラケラと笑う神埼さん。

この状況を笑って流すなんて、流石ギャル。

ていうか、やってきたのが勘吉さんじゃなくて神埼さんで良かったのかもしれない。勘吉さんだったら卒倒してそうだもん。

や、できれば神埼さんにも見られたくなかったんだけどね？

ＬＩＮＫＳ交換してるのにいきなり来ちゃうからなぁ、この人。

「あの、神埼さん？　このことは他言無用でお願いしますね？」

「もちろんッス。あたし、口が堅いほうなんで。てか、山に神様がいるなんて話しても誰も信じてくれなさそうスけど」

「まぁ、確かにそうですね……」

縁側に並んでいるメンツを見て、苦笑い。

写真を撮っても、珍妙動物に囲まれて幸せいっぱいのお子様写真だと思われて終わりそうだ。

「……あれ、アキラ様？　このお方は？」

ようやく神崎さんの存在に気づいたのか、リノアちゃんが尋ねてきた。

いちご大福に夢中になりすぎですよ、騎士巫女様。

「彼女は隣の山に住んでいる神崎さんです」

「カンザキ……さん」

リノアちゃんはピョンと縁側から降りると、礼儀正しくスカートの裾をつまんでお辞儀をした。

「お初にお目にかかります、カンザキさん。わたくし、リュミナスの王都フェランディオスを総本山とする聖道教会の騎士巫女にして神獣巫女、リノア・リンデミッテと申します」

「え？　あ、こ、こんちにはッス」

しどろもどろといった感じで頭を下げる神崎さん。

子供なのにしっかりしてるな、とか思ってそう。

「え……と、良くわからないスけど、名前はリノアちゃんで合ってるスか？」

「いえ、リノアさんでございます」

しっかり訂正するリノアちゃん。

そこ、大事だよね。

だけど、さんづけで呼ばれたいなら、まずは口の周りの片栗粉を拭いたほうが良いと思うな、おじさん。

「それで、カンザキさんはどのようなご要件で？」

「良いお酒が手に入ったからアキラさんと飲もうと思ったんスけど、ちょっとアキラさんを借りても良いスかね？」

「お酒⁉　それはこのイチゴダイフクと合うお酒でしょうか⁉」

「え？　あ～……どうスかね？　多分合うと思うスけど……え？　リノアちゃんも飲むの？」

「リノアさんです。もちろん飲みます」

「……」

神崎さんから「マジで良いの？」と言いたげな視線を向けられた。

苦笑いで頷く。

まぁ、本人は成人してるって言い張ってるからね。

というわけで。

急遽、神崎さんが持ってきてくれたお酒（聞けば1本9万円くらいする大吟醸酒らしい）と、僕が取り寄せた和菓子でスイーツパーティを開くことに。

リノアちゃんのリクエストで、色々とスイーツを取り寄せてるんだよね。

まずはお気に入りの大隅宝屋のいちご大福。

それと、長寿寺《ちょうじゅじ》の桜もち。

長寿寺さんも長い歴史を持つ老舗の桜もち屋さんで、関東風の桜もちを考案したお店として有名なんだとか。

さらにさらに、明治時代から続く盟文堂《めいぶんどう》さんのカステラも。

盟文堂は日本全国に店舗があるんだけど、せっかくなので長崎の総本店から取り寄せてみた。

その豪華な和スイーツたちをお皿に盛り合わせして、縁側でいただく。

「……うほ、これウマッ‼」

桜もちを頬張った神埼さんが、悲鳴のような声をあげた。

「いつも思うんスけど、アキラさんのスイーツチョイスって神がかってるッスよね～」

「そ、そうですかね？」

食べたいやつを適当に選んでるだけなんだけどな。

てか、前に神埼さんが来たときも和スイーツでお酒を飲んだっけか。

「はわぁ……サクラモチも大変美味しゅうございますぅ」

隣のリノアちゃんも大喜び。

「こっちのカステラも美味……お酒もすごく美味しいですし、リノア幸せでございますっ！」

感激のあまり、プルプルと震えだす。

あまり食べすぎると太っちゃうから、ほどほどにね？

ふっくらとしたリノアちゃんも可愛いとは思うけど。

「あはは、リノアちゃん良い食べっぷりっスね！」

「カンザキさん、わたくしのことはリノアさんとお呼びくださいと何度も――」

「なに言ってんスか。どっからどう見てもリノアちゃんじゃないスか」

カラカラと笑う神埼さんを見て、膨れっ面になるリノアちゃん。

というか、リノアちゃんってば神埼さんは全然警戒しないんだな。

僕のときは敵愾心《てきがいしん》むき出しだった気がするけど。

あ、もしかして神埼さんのこと同じ異世界人だと思ってる？

金髪だし、宇宙服着てたし。

そんなこんなで、突如開催した大吟醸スイーツパーティは、2時間ほどでお開きに。

リノアちゃんは神獣様たちと一緒に帰ることになった。

彼女っていつもこの時間に帰るんだけど、どうやら異世界側の山の麓にも小さな町があって、そこに宿を借りてるらしい。

神獣様たちとは山の中でお別れしてるみたいだけど。

「今日も大変美味しゅうございました。ありがとうございます、アキラ様」

「こちらこそピーマンの収穫を手伝ってくれてありがとうございます。これ、持って帰ってください」

「……うえっ⁉　野菜をこんなに⁉」

段ボールいっぱいに詰まった野菜を渡す。

畑の敷地は広くないけど、神域の効力のおかげなのか沢山野菜が採れるんだよね。あとで神埼さんにもおすそわけする予定だ。

「それでは失礼します。カンザキさんもありがとうございました」

「うぃッス！　また飲みましょう～」

ペコリとお辞儀をしたリノアちゃんは段ボールをヨイショと抱え、軽い足取りで庭の裏口へと向かう。

体は小さいのに、相変わらずの力だな。

――なんて感心していたら、ふと足を止める。

「……ああ、そういえば」

クルッとこちらを向いたリノアちゃんは、さも他愛もないことを話すように続けた。

「ちょっと気になったことがあるのですが」

「気になったこと？　なんです？」

「昨日くらいから、もしやと思っていたのですが、間違いなくアキラ様のお体——神域化しているると思います」

「へぇ、そうなんですね」

そう言って、なにか変なことを言われたような気がして、その言葉を頭の中で反芻《はんすう》した。

——間違いなくアキラ様のお体、神域化していると思います。

ざざざ～っと風が吹き、山の木々たちがざわめき出す。

ぽかんとしている僕と神埼さんのそばを、アヒルちゃんズが池に向かってヨチヨチと歩いていく。

「……今、なんて言いました？」

たっぷりと時間を置いて聞き返してしまった。

僕が神域化？

えと、どゆことなのかな？

困惑する僕をよそに、同じく状況を理解できていないであろう神埼さんが「おお、良かったッスね、アキラさん！」と拍手をした。

第四章　奇妙な力で助けちゃいました

「……お、来た来た」

自宅のチャイムが鳴って玄関に出ると、宅配便がやって来た。

毎度おなじみＭａｍａｚｏｎさん。

注文してからの一週間、このときを今か今かと待ち望んでいた。

早速、開封の儀を執り行う――なんて思ってたら、ピンクのリボンをつけたモチがヨチヨチとやってきた。

僕の足の下にやってきて、ヒョイッと荷物を覗き込む。

「ぐっ、ぐわっぐわっ？」

「これ？　ハンモックだよ。子供の頃、森の中でハンモックで寝るのが夢だったのを思い出してさ」

えっへっへ。

嗜好品《しこうひん》の一種だけど、生活の質を上げるために買っちゃったんだよね。

レジャー用と違って、蚊除《かよ》けのスクリーンが付属してる就寝用をチョイスした。自立式じゃなくてロープを張る昔ながらのクラシックタイプだ。

畑のすぐそばに良い感じでハンモックが設置できそうな木があって、そこに設置する予定。

ふっふっふ、今からワクワクが止まらないぜ。

「が〜……？」

モチがハンモックと僕を交互に見比べる。

その目はどこか不安げだ。

「な、なに？」

「オカネ、ダイジョウブが〜？」

「……っ⁉　だっ、だっ、大丈夫だよ！」

ブワッと変な汗が出ちゃった。

これは必要経費なの！

だってほら、体を壊して療養生活をしてるわけだし！

「……てか、最近普通に喋ってるよね？」

「くわっ？」

モチは「しらな〜い」とでも言いたげにプイッとそっぽを向くと、ヨチヨチと来た道を引き返していく。

フリフリお尻が可愛い。

ここ最近、アヒルちゃんたちがしれっと喋ることが普通になってきている。

だけど、リノアちゃんに正体を教えてもらったってのもあって、あまり驚かなくなっちゃったんだよね。

神獣様（グリフィンだっけ？）だったら当然だよな……くらいに軽く受け止めちゃってる。

ある意味慣れみたいなものなのかな？

というかモチってば、わざわざお金のことを指摘するために来たのか？

なんだかお母さん……というより、奥さんみたいな感じになってきたな。

どこか静流さんと似た雰囲気を感じる……。

僕もいずれ、勘吉さんみたいに尻に敷かれるのだろうか。

モチのフワフワお尻にふんづけられる僕。

それはそれで、幸せなのかもしれない。

意味は違うけど。

「……まぁ、良いや。とりあえずハンモックを設置しよう」

庭の裏口を出て、畑へ向かう。

良い感じのスペースに、手頃なサイズの木が2本あった。

実に用意周到すぎる。密《ひそ》かにおじいちゃんが「ここにハンモックを設置するのじゃ！」って、用意してくれたと睨んでるんだよね。

というわけで、同封されていた設置方法の説明書を参考に、ハンモックの設置をはじめる。

樹皮を傷つけないよう木をタオルで保護して、ロープを巻きつける。

そこにハンモックを引っ掛ければ完成。

う～ん、実に簡単。

ほんの10分程度で、理想的な弛《たる》みがあるハンモックができあがった。

幅の半分程度の高さが最適って書いてあったけど、本当に良い感じだね。

さらに、追加で張ったロープの上に布状の屋根《タープ》をかぶせればテントみたいな感じにもなる。

日除けや虫よけになって、快適度がグンと増すってわけ。

春も終わりかけて蒸し暑い日が増えてきたし、今の季節にはピッタリだ。

「お、良い風」

気持ちが良い風が通り抜けていく。

その風にあと押しされるように、二度寝の欲求がむくむくと湧き出てきた。

「では、堪能させていただきましょうかね」

寝たいときに寝る。

これぞ、山暮らしスローライフの醍醐味。

ちなみにハンモックでは、水平に寝るんじゃなくて垂直……つまり、ブランコに乗るようにすると良いんだって。

ハンモックにあこがれていたとき色々な本を読んで調べたから、そういう知識はバッチリなんだよね。

「よっ……と」

恐る恐るハンモックにお尻を預けようとしたんだけど、ちょっと難しい。

バランス感覚が必要っていうか……。

くるんと後ろに倒れちゃいそうで怖い。

「あわ、あわわわわ!?」

案の定、バランスを崩してしまった。

やばい！　後ろに倒れちゃう！

「ぐわっ！」

「くわわっ！」

「がー！」

颯爽と白い影が飛び込んできた。

アヒルちゃんズである。

まさか助けに来てくれたのかっ!?

——なんて感激したのもつかの間、好奇心旺盛なテケテケを先頭に、僕の背中をタタタッと駆け上り、３羽同時にハンモックにイン。

「くわ〜っ」

ハンモックから落ちてしまった僕と入れ替わるように、スッと良い感じに収まるテケテケたち。

ドヤ顔しているように見えるのは気のせいだろうか。

あの、モチさん？　さっき「そんなの買って大丈夫なんか⁉」みたいな雰囲気だったくせに、真っ先に堪能するなんてひどくありません？

「頑張って設置した僕より先に堪能すな」

「ぐわ〜っ」

「がーがー」

「……すぴーっ」

くそ……幸せそうな声をあげやがって。

ポテに至っては、すでに寝息を立ててるし。

しかし、とアヒルちゃんたちを見て思う。

風に揺られるハンモックに並ぶ、大福餅みたいに丸まった白い塊。

ん〜、なんだろうこの光景。

色々と歯がゆいし悔しいけど、すごく……すごく可愛いです。

「くそっ、くそっ！」

スマホを取り出し、パシャパシャとシャッターを切りまくる。

ま〜た可愛いアヒルちゃん写真が増えちゃったよ。

ここ最近、僕のスマホがアヒルちゃん写真に占拠されつつある。

1日20枚くらいのペースで増殖しちゃってるんだよね……。

そろそろ写真集でも作っちゃう？

多分、1日中眺めてそう。

「……ていうか、そろそろ降りてくれないかな？　僕もハンモックを堪能したいんですけど？」

「……」

無反応。

アヒルちゃんたちは、ハンモックから一向に降りようとしない。

それどころか、テケテケやモチもコクコクと船を漕ぎはじめる始末。

「……仕方ない。満足するまで待つしかないか」

ハンモックはいつでも楽しめるし。

悲しいけれど、コレが現実なのよね。

こいつらにとって僕は飼い主っていうより、餌をくれたり撫でてくれる使用人って感じだもんな。

神獣巫女ならぬ、アヒル男巫《おとこみこ》。

はい。精一杯、尽くさせていただきます。

ビデオ
写真

すっかり眠ってしまったアヒルちゃんを軽くモフらせてもらい、ちょっと畑を見に行くことに。

毎日恒例の野菜ちゃんたちの成長チェックだ。

「雑草なし。害虫なし。病気なし……うん、みんな健康でよろしい」

どの野菜ちゃんも成長著しいけれど、中でもトウモロコシが良い感じに大きくなっている。

収穫は夏なんだけど、そろそろイケるんじゃなかろうか。

「トウモロコシを食べるなら、やっぱり醤油とみりんを付けた屋台風焼きモロコシだよね〜」

屋台の焼きトウモロコシって、異様に美味しいよね。

トウモロコシは初収穫だし、豪快に焼いて食べよう。

アウトドア用のコンロを買うのも良いかもしれないな。

神埼さんやリノアちゃんを呼んで、バーベキューをやってみたりとか。

涼しい風が吹く山の中でバーベキューをして、お酒を飲んで、ハンモックに揺られてお昼寝をする……。

想像しただけで楽しそう。

なんて妄想にふけりながら庭に戻ると、タヌキの姿をした神獣様が来ていた。

僕に気づくと「ちょっと撫でて?」とすり寄ってくる。

「し、しかたないな〜」

最近はこうやって撫でてとせがんでくる神獣様が増えてきているんだよね。

けど、本来なら神獣巫女でない者が神獣様に触れることは禁忌みたい。

僕は「とある事情」で、特別に許可をもらっているんだけど。

というわけで、軽く撫でる。

うわっ、超フワフワ。

ちょっとだけ力を入れると、毛の中に手のひらが埋もれていく。

気持ちよすぎる。

これぞモフモフの極みって感じだよね。

「うり、うりうり……」

「きゅっ」

全身をナデナデしていると気持ちよくなったのか、タヌキさんがゴロンと横になりお腹を見せてくる。

そうか、そこを撫でて欲しいのか。

ほうほう、こっちの毛もなかなかのお手前ですな。

調子に乗ってしばらく撫でていると、みるみる毛艶が良くなってきた。

飼い主に愛されている猫ちゃんは毛並みがピカピカになるっていうけど、ああいう感じでツヤが出てきたっていうか。

だけど、毎日このタヌキさんを撫でているわけじゃない。

なにを隠そう、僕の手のひらから神域と同じ効力が出ちゃっているのだ。

これがリノアちゃんから神獣様を撫でて良いと許可を得るに至った事情。

リノアちゃんは確か「神気」とか言ってたっけ？

僕の体が神域に影響されて神域化しちゃったとかなんとか。

つまり、僕が撫でると敷地の効力と合わせて2倍のスピードで毛艶が良くなるってわけだ。

そういえば以前にシカの神獣様が、僕の料理に神域の力を感じるとか言ってたけど、あの頃から出ちゃってたのかもしれないな。

料理が美味く感じるのは、僕の腕が上がったわけでも山の水のおかげでもなく、神域の力だったたってわけだ。

「しかし、どうしてこうなっちゃったのかなぁ？」

タヌキさんを撫でながら、改めて思う。

初めはそんな馬鹿なって思ってたけど、こうして実際に神域効果が発動してるわけだから、信じるしかないよね。

今まで他人に影響されやすい性格だってのは自覚してた。

引っ越したばかりのマンションなのに、もう何年も住んでるような感覚になっちゃったり、付き合ってた恋人に好きなものを影響されまくったり。

だけど――まさか神域にまで影響されちゃうなんて。

これじゃあ「移動型神域」じゃないか。

……あ、それ、ちょっとカッコイイかも。

「とはいえ、神獣様を癒やせる以外にこれといって変化はないんだけどね」

すんごい力を発揮して大木をぶった切るとか、すごい魔法を使えるようになったなんてことはない。

強いて言うなら、神獣様に前以上に懐かれちゃうようになったくらい。

けど、可愛い神獣様を合法でモフれるのは役得だよね。

それは結構ラッキーなのかもしれない。

＊＊＊

山暮らし67日目。

蒸し暑い日が増えてきた。

少しずつ夏が近づいてきている証拠だな。

昔から夏は大嫌いなんだけど、今年は意外と快適に過ごせるかもしれないと考えてる。

だってほら、山って結構涼しいじゃん？

近くには沢もあるし、モチたちと一緒に水浴びにも行ける。

まさに避暑地って感じだ。

だけど、少しだけ心配なのは梅雨のこと。

神域の影響なのか、今まで自宅近辺でひどい雨は降っていないけど、流石に梅雨になるとそうもいかないはず。

雨がひどいと庭にも出られなくなるし、ずっと家の中に引きこもってたら僕もモチたちも鬱々としちゃいそう。

アヒルちゃんにはこまめな日光浴と土いじりが必要みたいなので、健康維持のために遊び場所を設けてあげないとな。

子供用のビニールプールとか買ってあげようかな？

ビニールプールでチャプチャプ泳いでるモチたち……。

ううむ、想像しただけで可愛いがすぎる。

写真撮影がすごく捗《はかど》りそう。

……話が逸れちゃった。

特に心配なのは、雨の被害だよね。

畑も雨季の対策が必要になりそうだし。

おじいちゃんのスローライフマニュアルやネットの知識を借りればなんとかできるかもしれ

ないけど、実体験を元にした知恵にも頼りたいところ。

というわけで。

「農作業のお手伝いがてら、勘吉さんにお話を聞きに来たってわけです」

「なるほど。そういうことだったのね」

あはは、と笑う勘吉さん。

お手伝いの農作業が終わった夕刻。

勘吉さん宅のリビングで晩ご飯をごちそうになりながら、雨対策を聞いてみた。

なにせ、勘吉さんは何十年も農家をやっているプロなのだ。

雨季対策の極意を色々と知っているはず。

「簡単にできる畑の雨季対策って言ったら、マルチングかな？」

「マルチング？」

「土の表面が雨で流されないように、ビニールやワラで覆うんだよ。ほら、今日やったでしょ？」

「……あっ、あれか！」

そういえば、昼間に野菜に防風ネットや寒冷紗《かんれいしゃ》（薄い布みたいなやつ）をかけたり、株の根本に土をかぶせたりしていたっけ。

あれって、全部雨対策だったんだ。

「まぁ、今日やったのは雨季対策じゃなくて、台風対策なんだけどね」

「台風？」

「くわっ？」

僕と一緒に、モチが魚を咥えたまま首をかしげた。

ちなみに今日の晩ご飯はサンマの塩焼きに、ひじきご飯。

ごく普通な家庭料理なんだけど、料理人《静流さん》の腕が良いのか、めちゃくちゃ美味しいんだよね。

帰るときにレシピ聞いとこうかな。

——と、そんなことよりも。

「どうして台風対策を？」

「え？　そりゃあ台風が来るからだけど？」

勘吉さんが視線をテレビへと移す。

ニュース番組で天気予報をやっていて、近々関東地方に大きい台風がやってくるみたい。

「あれ？　もしかしてアキラくん、知らなかった？」

「そ、そうですね。自宅にはテレビがないので……」

おじいちゃんの家で唯一ないものがテレビなんだよね。

パソコン用のモニタはあるのに。

老人ってネットよりテレビで情報を得ることが多いはずなのに、妙な話だよホント。

しかし、台風かぁ。

都会でも電車が止まったり冠水したりと色々な被害が出るし、警戒が必要なのかもしれないな。

「土砂崩れとか大丈夫なんですかね……？」

「それは大丈夫じゃないかな。御科岳は県が出してる土砂災害警戒情報の危険度も最低レベルだし……ほら」

勘吉さんが見せてくれたのは、ハザードマップのポータルサイトだ。

ここで地域を検索すると、過去の情報を元にした洪水や土砂災害などの危険度が色分けされたハザードマップが閲覧できるらしい。

御科岳周辺地域を見てみたんだけど、確かに危険度レベルは低い。

これまで土砂災害が起きていないってことを意味するみたい。

ふ～む。だったら安心か。

だけど、一度も土砂崩れが起きていないってちょっと不思議。

もしかして神獣様たちの存在が関係してたりするのかな？

「けど自宅の対策は必要かもね。あの家は築年数がかなり経ってるからさ」

「あ、確かにそうですね……」

内装はリフォームされてるからつい忘れちゃうけど、結構古い家なんだよな。

家が倒壊するなんてことはなさそうだけど、古い雨戸とかを補強しておいたほうが良さそうだ。

雨漏りしちゃったら大変だし。

リノアちゃんから神域を任されたばっかりなのに、台風のせいで家に住めなくなりました……じゃあ、目も当てられない。

「よし、早速明日から作業をはじめよう。モチたちも手伝ってくれよ？」

「ぐ……っ？」

モチちゃん、キョトンと僕の顔を見る。

ちょっと待って？

なにその「えっ」みたいな顔？

呆然とするモチに代わって、テケテケとポテが声高に言う。

「イヤが～」

「イヤが～」

「ええっ⁉」

華麗に断られちゃったんですけど⁉

あの家、あなたたちの住処でもあるんだけど、倒壊しても良いの⁉

「ぷっ……あっはっは」

勘吉さんがケラケラと笑う。

「アヒルちゃんたち、イヤだって。ちゃんと返事して賢い子たちだね」

「しっかり仕事を手伝ってくれたら賢いって太鼓判が押せるんですけどね……」

変なところばっかり賢くなっちまって。

結局、可愛いから許しちゃうんだけどさ。

ホント、モチたちってずるい。

ちなみに、今日の農作業中は畑の周りの害虫取りに精を出していた。

害虫駆除は病害を防ぐために大切なことなんだけど、どうせならネット張りとかを手伝って欲しかった……なんて思うのは贅沢なのかなぁ？

＊＊＊

昨晩、帰ってきてからモチたちと協議を重ねた結果、ホームセンターで台風対策の補強材を買ってくることになった。

台風が来るのは２日後。

今日からスタートすれば、十分間に合う時間だ。

ちなみに、協議したのは「なにを買うか」じゃなくて「誰が付いてくるか」という話。補強材を買ってくるのは決定事項だったし。

それで、ホームセンターには全員で行くことになった。

3羽揃って行くのは久しぶりかな？

てなわけで、いざホームセンターに向かう。

「くわわっ」

「が～」

「ぐっ、ぐっ、ぐっ」

「あんまり騒ぐなよ～」

ペットカートに乗ったアヒルちゃんズに念を押す。

店員さんの許可が出てるとはいえ、他のお客さんの迷惑になっちゃうからな。

これから補強作業をしないといけないわけだし、ササッと必要な補強材を買って帰らないといけないいんだけど――。

「あら、可愛い」

いきなり見知らぬお客さんに声をかけられた。

実に優しそうなおばさんだ。

「そのアヒルちゃんたち、ペット？」

「え？　あ、ええと、ペット……なのかな？」

「チガウ～」

「……っ⁉」

ちょ、モチ！

「……えっ？　今、アヒルちゃん喋らなかった？」

「い、いえ、今のは僕です！　あは、あはは……」

冷や汗ダラダラ……。

勘弁してくれよモチちゃん。

人前で、さも当然のごとく受け答えするんじゃないよ……。

「こいつらはペットじゃなくて、家族みたいなもんで」

「仲が良いのね。３羽とも大人しくて、すごくお利口さん」

「ぐっ、ぐっ、ぐっ」

ニコニコのおばさんにナデナデされ、ご満悦のモチさん。

そんなことをしているうちに、いつの間にかカートの周りに人集りが。

「うわっ！　可愛い！」

「ママ見て～！　アヒルちゃん！」

「３羽揃ってカートに乗ってる！」

「すご～い」

アヒルちゃん、店内のお客さんたちに大人気になっちゃった。

確かに、ペットカートに並んで座って、顔をピョコッと出してる姿はとてつもない破壊力があるよね。

うん、わかる。

すごくわかるんだけど……これじゃあ全然買い物が進まない。

1メートル進む度に声をかけられ、結局、買い出しが終わったのは2時間後。

予定よりだいぶ時間がかかっちゃったよ。

なんとか補強用のベニヤ板に釘《くぎ》、ロープなどを買って帰宅。

ホームセンターを出たときは曇り空だったんだけど、自宅の空は快晴だった。

雲ひとつなく、カラッとした日本晴れ。

予報では2日後にモロに直撃するみたいだけど、本当なのかな？

予報が外れるなら外れるで良いんだけど、楽観視はできないよね。

対策はしておかないと。

「……よし、やるか」

まずは壊れかけている場所がないか状況確認から。

庭付近は毎日見てるけど、敷地の反対側はあまり行かないし。

できれば屋根とかも見ておきたいんだけど――。

「ぐわっ」

庭に出ていると、縁側からアヒルちゃんズがやってきた。

「どうした？　水浴びでもするの？」

「くわっ」

「がーがー」

「テツダウがー」

「……えっ」

びっくりした。

だって昨日、勘吉さんの家で手伝わないって断言してたじゃん。

もしかして、勘吉さんの前だったから恥ずかしくて拒否してただけ？

人前ではツンツンしてるのに家だと優しいって……まさかこいつらツンデレ属性持ちなのか？

ツンデレアヒルちゃんとか、最高かな？

「こんにちは、アキラ様」

モチたちの新たな一面に萌えていると、ふと声をかけられた。

白狼さんだ。

集まっている僕たちを見て楽しいことをやっていると勘違いしたのか、尻尾がわっさわっさと揺れている。

「木材が用意されていますが、これからなにかをお作りになるのですか?」

「近々台風が来るみたいで、その対策をしておこうかなと」

「タイフウ?」

「暴風と豪雨が同時にやってくる大きい嵐みたいなものですよ」

「ああ、颶風《ターファー》のことですか」

ターファー?

耳慣れない名前だけど、異世界の台風のことかな?

「それは大変ですね。この場所が被害を受けてしまうと私たちも困りますし、お手伝いいたしますよ」

「えっ、本当ですか!? すごく助かります!」

モチたちも手伝ってくれるし、これはあっという間に終わりそうだ。

白狼さんが空に「わふん」と吠《ほ》えると、どこからともなくワラワラと神獣様たちが集まってきた。

ざっと数えて15匹ほど。

す、すごい数だ。

鷲みたいな姿の神獣様もいるし、屋根のチェックをお願いできそう。

「それでは、みなで手分けしてやりましょうか」

「本当に助かります、白狼さん」

「ぐわわ～っ」

というわけで、全員で確認作業をはじめることに。

僕とモチたちは家の壁を見てまわって、壊れかけている箇所がないか確認。

白狼さんは、以前修復してもらった庭の壁を。

他の神獣様は屋根の瓦をチェックしてもらうことにした。

30分くらいかけてしっかり確認してまわったけど、家の壁にはひび割れもなく壊れかけている窓もなかった。

屋根も庭の壁も問題ないみたい。

瓦も綺麗なままだった。

おじいちゃんがしっかり手入れしていたのかな？

白狼さんが尋ねてくる。

「ターファーの対策はこれでおしまいですか？」

「えと、次は雨戸ですね」

縁側の雨戸はそのままにしておくと、風で開いちゃったり壊れたりするからね。トンテンカンと軽く板を打ち付けておく。

「……お次は側溝と排水溝かな」

「ソッコー？」

ポテが首をかしげる。

「雨水が流れていく場所だよ。そこが詰まってたら、雨水が流れなくなって庭が冠水しちゃうかもしれないんだ」

僕が住みはじめて一度も掃除してないから、数ヶ月分のゴミが溜まってるはず。

「うわっ、すごい量の落ち葉」

案の定、側溝にはすごい量の落ち葉や泥が溜まっていた。

庭にも山の葉っぱが飛んできてるし、そうなるよね……。

もはや土になりかけている落ち葉を取り除いて綺麗に掃除。

だけどまだまだ終わりじゃない。

お次は庭の整理だ。

風で飛んでいかないように片付けとかないとね。

「アキラ様、この石窯はどうするんです？」

「ええっと……移動できないからロープで固定ですね」

止め釘を地面に刺して、ロープでぐるぐる巻きに。

ついでに庭の松の木もロープで補強しておいた。

最後に、風で吹き飛びそうなものを納屋にしまっておく。

掃除道具とか農具とか。

「……あ、そうだ、白狼さん。この納屋は開けておきますね。もし神獣様たちがいらっしゃったら、ここで休むよう伝えておいていただけますか？」

「お気遣いありがとうございます、アキラ様」

わふんと嬉しそうな声をあげる白狼さん。

まぁ、休めるスペースを確保してあげられるくらいしかできないけどね。

よし。敷地内はこれで大丈夫だろう。

「……あとは、敷地の外か」

以前に自宅に引いている山水が出なくなったことがあった。

台風が来てるときにまた水が出なくなったら大変だし、確認しに行ったほうが良いよね。

肌の露出を抑えるために作業着に着替えてジャングルブーツを履く。

すると、ドタドタとモチたちがやってきた。

どうやら僕が着替えているのに気づいたらしい。

明らかに「お!?　お!?　今から散歩にいくのか!?」と喜んでる。

「山に行くけど、一緒に行く？」

「「イクが～」」

綺麗にハモるモチたち。

本当にこいつらって散歩好きだよな。

白狼さんや神獣様たちに手伝ってくれたお礼を言って、いざ出発。

導水管をたどって、山に入っていく。

山の中は相変わらずのんびりとした時間が流れていた。

優しい葉擦れの音。

可愛らしい小鳥のさえずり。

さらに、眼の前にはヨチヨチと歩くアヒルちゃんの可愛いお尻が3つ。

なんて癒やし効果バツグンのシチュエーションだろう。

先日、釣りをした沢でアヒルちゃんたちが水遊びをはじめたので、小休止をすることに。

家から持ってきたおやつを食べ、水分補給をしてから再出発。

10分くらい歩いていると、山水を濾過するための集水桝を発見した。

コンクリート製の立派な集水桝。

だけど、屋根はトタンでできていて、大きな石を載せているだけなんだよね。

これじゃあ風で飛ばされちゃうかもしれないな。

重りの石を追加して、ロープで軽く補強しておこう。

「これでよし……っと」

ここでの作業は終わったけど、水源と自宅の間にこういう集水桝が３つあるからまだ帰るわけにはいかない。

モチたちが散歩に飽きる前に手早く終わらせないとね。

しかし、と集水桝を見て、改めて思う。

「この集水枡……やっぱり少し光ってるよね？」

前見たときは気のせいかなと思ってたけど、やっぱりぼんやりと発光している。

どこかでみたことがある光り方だなぁと思って、ふと気づく。

これ、魔晶石の光り方と似てるな。

てことは異世界の技術で作られたやつなのかな？

もしくは、魔晶石を使っておじいちゃんが作ったとか……？

魔晶石って魔力が蓄積しているってリノアちゃんが言ってたし、水の美味しさにも影響しているのかもしれない。

「集水枡を作ってくれた人に感謝だね」

異世界の人かおじいちゃんなのかはわかんないけど。

手のひらを合わせ、次の集水枡へと向かう。

なんとかモチたちが「カエルが～」と言い出す前に、残りのふたつも無事に補強完了。

「……よし、これでおしまいだね」

ようやくほっと一息。

敷地内の対策も終わったし、いつ台風が来ても問題ない……はず！

「しかし、疲れたなぁ……」

木漏れ日を全身で受けながら、うーんと大きく伸び。

ホームセンターに行ったり山の中を歩いたり、かなり疲れちゃった。

今日は良く眠れそうだ。

「くわっ！」

沢で水遊びしていたアヒルちゃんたちが、ドタドタとかけつけてきた。

「アキラ、ガンバッタ」

「アキラ、カッコイイ」

「アキラ、リョウリガウマイ」

ねぎらいの言葉をかけてくれるアヒルちゃんたち。

あはは。ホント可愛いやつらだ。

後半にかけて取って付けたようなセリフだけど、ありがとうな。

作業を手伝ってくれてたら１００点満点だったのになぁ……。

実に惜しい。

「じゃあ、そろそろ帰るか」

「ぐわ～」

なんだか暗くなったので、ふと空を見上げると分厚い雲が太陽を隠そうとしていた。

これはひと雨来そうだな。

＊＊＊

台風対策をした2日後。

今日は久しぶりの雨だった。

といっても土砂降りってわけじゃなく、しとしとと降る静かな雨だ。

暑くなってきたこの時期には丁度良い感じ。

こういう雨って、なんていうんだったっけ？

涼雨？　だっけ？

雨はあんまり好きじゃないけど、こういうのだったらたまには降っても良いかな。涼しくなるのもそうだけど、畑の水やりをやらなくて済むし。

ちなみに、畑の台風対策は昨日やった。

株の根本に土を盛って倒れないようにしたり、トウモロコシは周囲に支柱を立ててロープでぐるっと囲い、倒れないように結んであげた。

トウモロコシも大きくなってきたからね。
台風で全滅しましたじゃ、悲しくて夜も眠れなくなって、台風が来てるはずだよね⁉」
「……って呑気なことを考えてる場合じゃなくて、台風が来てるはずだよね⁉」
縁側でひとりツッコミをしてしまった。
隣で一緒に庭を眺めていたモチが「どした？」と首をかしげる。
天気予報では、今日の朝に巨大台風が上陸するはずだった。
なんでも最大風速50メートルほどの猛烈な勢いがあるとかなんとか。
だけど今現在、小雨が降っているだけ。
風も全く吹いていない。
もしかして、まだ上陸してないのかな？
なんて不思議に思っていると、ピロンとスマホが鳴った。
神埼さんからＬＩＮＫＳのメッセージが来たようだ。
【雨と風がひどくて無理ゲーなんスけど、そっちは大丈夫スか⁉】
「……え？　雨と風がひどい？」
それ、どこの世界線の話？
またまたご冗談を……と神埼さんに送ろうとしたら、シュポッと写真が送られてきた。
神埼さんの自撮り写真だ。

モコモコしてる可愛い部屋着を着てる神埼さんは、泣きそうな顔。

その後ろに窓に大量の葉っぱがくっついてるし、かなりの暴風雨であることがうかがえる。

「……」

視線をウチの窓に戻す。

葉っぱなんて飛んできておらず、窓はしっとり濡れてる程度。

おかしい。

これはおかしすぎる。

「……あっ、もしかしてアレのおかげ？」

傘を差してモチと一緒に庭に出る。

パラパラと小気味よい雨音を聞きながら、見上げた家の敷地の外――。

森の木々が、荒々しくうねっていた。

バラバラと散った葉っぱが渦のように飛び回っている。

だけど、その葉っぱは庭には全く落ちてこない。

「ま、間違いない！　これって神域の力のおかげだ！」

ぐるっと周囲を見渡してみたけれど、穏やかな天候なのは家の敷地内だけ。

そういえば、これまで土砂降りの雨って降ったことなかったっけ。

山の天気ってこんなもんなんだな～って呑気に考えてたけど、神域の力に守られていたんだな。

すごいぞ神域。

神獣様を癒やす以外に、こんな力があったなんて。

「でも、普段から落ち葉が来ないようにしてもらえないのかな？」

ほら、落ち葉掃除って結構大変じゃない？

ちょっと贅沢すぎる？

神埼さんに「こっちはこんな感じです」と庭でピースしている自撮り写真を送ったら「なにそれずるいッス！」と怒り顔スタンプが返ってきた。

しまった。

次に台風が来たら、ウチに押しかけて来るかもしれない。

「くわっ！　くわっ！」

「……ん？」

と、池を見に行っていたモチがドタドタ走ってきて、僕の前で急停止した。

「ぐわ～っ！　わっわっわっ！」

バタバタと翼をバタつかせ、トテトテッと再び池のほうに。

付いてきて……みたいな雰囲気を感じるけど、なんだろう？

なにかあったのかな？

求められるままモチに付いていくと、池の蛇口からドドドッと大量の水が出ていた。

この蛇口はキッチンと同じく山水が出るようになっていて、池の水を綺麗に循環させるために使っている。

昨日見たときはチョロチョロと出てるくらいだったのに、まるで滝みたい。

まぁ、池の水は一定量になると自動的に排水されるみたい（コレを作ったおじいちゃんすごい）なので、溢れ出すことはないいんだけどね。

「がっがっがっ！」

モチは「見てて〜」と言いたげに僕を見ると、ドボンと池の中に飛び込んで滝の下にスイスイッと向かう。

そしてバチャバチャと、まるで滝行のように水を浴びはじめる。

「ぐわ〜っ！　ぐわ〜っ！　キモチイイ！　アキラモヤル！」

「やらないから」

凄まじい量の水を浴び、嬉しそうにバシャバシャとはしゃぐモチ。

ちなみにアヒルちゃんの羽毛は撥水性が凄まじい。

浴びた水はすべて、まん丸い水の玉になって落ちていく。

つまり、今現在、全身ですごい量の水を浴びているもんだから、飛び跳ねてくる水の量が半端ない。

あの、モチさん？

いつもと違う池の楽しみ方を教えてくれるのはすごく嬉しいんだけど、全身ずぶ濡れになっちゃったんですけど？

雨じゃなくてモチの水浴びの水でびしょ濡れになるって、どんなオチだよ。

「がーがーがー！」

「うん、教えてくれてありがとう。だけど、ひとまず着替えてくるね」

というわけで、水浴びするモチを置いて足早に帰還。

ぐずぐずしてると、すぐにテケテケやポテが「ヒャッホウ！　良いもの見つけたぜ！」みたいな雰囲気でやってくるだろうし。

「ぐっぐっぐっ！」

「が～～～っ！」

玄関のほうから、ズドドドドッと２羽のアヒルちゃんがダッシュしてきた。

ほら、案の定来た！

「ぐわっぐわっぐわっ！」

「わっわっわっ！」

「がーがーがー」

モチに合流し、猛烈な勢いではしゃぎまくる。

せっかく神域の力で台風の力が弱まってるのに、池の水が豪雨のごとく周囲に飛び散っている。

うん。これは足早に逃げて正解だったな。

モチたちが遊んでる間に、僕は朝ご飯を作ることにしようっと。

今日の朝ご飯は、シンプルにハムエッグトーストを作るつもりだ。

雨の日って気圧の影響か頭が重だるくなるから、すべてのことが億劫になるんだよね……。

そういう場合は、なにもやらないに限る。

それが許されるから山暮らしって最高！

ハムエッグトーストの作り方は極めて簡単。

食パンに材料を乗せて焼くだけ。

本当は庭の石窯を使って焼きたかったんだけど、ガッチリ台風対策してるから使用不可。残念。

「……ま、市販のオーブントースターでも十分美味しいんだけどね」

食パンの真ん中に少しだけくぼみを作って卵を落とす。

その周囲にチーズと塩、それにハムを乗せる。

それをオーブントースターに投入して、5分ほど焼く。

チーズがとろっとするくらいに焼けたら出して、黒コショウをふりかけて完成。

うん、実にシンプル。

トースターから、なんとも食欲をくすぐられるパンの良い香りが溢れ出す。

食べちゃいたいけど、絶賛水浴び中のモチたちを待つことにした。

先に食べたら激オコモードになって、３羽同時に突っついてくるんだもん。

結構痛いんだよね、アレ。

やめさせようとしたら「お⁉　お遊びタイムか⁉　やったぁ！」って盛り上がっちゃうから反応すらできないし。

子犬の噛《か》み癖を治すみたいな感じで、どうにかならないのかな？

「……あ、神獣様だ」

縁側の窓から、神獣様が庭にやってくるのが見えた。

白い毛並みをした、大きなクマの神獣様だ。

暴風雨の中をやってきたので、体中に葉っぱがくっついちゃってる。

なんだかちょっと可哀想。

なんだか足取りも重い感じだし、拭いてあげたほうが良いかもしれないな。

大きめのタオルを持って庭に出る。

「こんにちは、神獣様。お体、拭きましょうか？」

「ふごっ⁉」

ギョッと身をすくめるクマさん。

身振り手振りを加えて、なにやらアピールしてくる。

「ふごふごっ！　がおーん！」

「……ええと？」

なんて言ってるんだろう？

小躍りしているところを見る限り、喜んでそうだけど。

ていうか……踊るクマさん、めちゃ可愛いな。

「それじゃあ、あっちの納屋で雨宿りしながら拭きましょうか」

「ふごっ！」

クマさんがコクコクと頷く。

しかし、とそんなクマさんを見て思う。

近くで見ると体毛がすごくフワフワだな。

シカさんやタヌキさんもこんな感じだったし、神獣様の体毛って全員フワフワなんだろうか。

しかも撥水性があるらしく、玉になった雨がポタポタと落ちてるし。

これなら拭く必要はないんじゃないかな……と思ったけど、物欲しそうな目で見られたので
タオルで拭いてあげることに。

納屋の庇《ひさし》の下、滴《したた》り落ちる雨水を拭いて、ついでにナデナデ……。

うわぁ、やっぱりフカフカだ。

軽く拭いただけで、まるで乾燥機にかけた毛布みたいになってる。

これはすごい。

手当たり次第にナデナデナデナデ。

「……ぐふっ、ぐふっ」

クマさん、ゴロンと寝転がってしまう。

すっかり気持ちよくなったみたい。

ついでにお腹を見せて「もっと撫でてくれ～」と、四肢をワキワキと動かしはじめる。

な、なんだこの生物は……。

かっ、可愛いがすぎる！

これはクマじゃなくて、でっかいぬいぐるみだ！

是非、想像してみて欲しい。

自分より大きいフカフカのクマのぬいぐるみが、撫でて欲しそうに無防備な姿でウェルカムしている姿を……。

そんな生き物を前に、我慢できる人間などいるだろうか。

いや、いない！

「おりゃっ！」

クマさんのフカフカの毛にダイブして、全身を使ってナデナデする。

うおおおお！　匂いもすごく良い！

甘い香りというか、なんというか……。

「……あれ？」

と、クマさんが怪我をしているのに気づいた。

場所は左足の内側。

火傷《やけど》をしているみたいになっていて、そこの部分だけフカフカの毛が黒く焦げちゃっている。

これはちょっと痛そうだ。

「これ、怪我をしたんですか？」

「……ふごっ」

なにやら神妙な雰囲気で頷くクマさん。

そういえば、ここに来る神獣様たちは戦で怪我を負っているってリノアちゃんが言ってたっけ。

きっとこのクマさんもそうなんだろうな。

ぬいぐるみなのに、立派すぎる。

――いや、ぬいぐるみじゃないけど。

「よしよし、よ～しよしよし」

頑張ったご褒美ってわけじゃないけど、全身を使って撫でまくる。

次第に毛艶が良くなってきた。

いや、それだけじゃなくて――。

「……あら？　怪我が消えた？」

いつの間にか、痛々しかった左足の怪我が消えていた。

「……がうっ！」

クマさん、突然立ち上がる。

おまけに、さっきまでの重い足取りはどこへやら、腰に手を当ててスキップしはじめた。

それを見て、色んな意味で啞然とする僕。

「ど、どうしたんですか？」

「ぶほっ♪　ぶほっ♪」

「……？」

良くわからないけど、元気になったのかな？

だけど、どうして？

「……あ。もしかして、僕の体に浸透しちゃった神気のおかげ？」

神域の力って毛艶を良くするだけじゃなくて、怪我も治せるんだよね。

だって、怪我をした神獣様たちがここに来てるわけだしさ。

つまり、神域の力「神気」を手のひらから出せるようになった僕が撫でると、瞬く間に神獣様の怪我を治せちゃうってわけだ。

撫でただけで怪我を治したり元気モリモリにさせちゃう移動型神域の力……凄まじいな。

クマさんは軽やかなステップで妙な踊りを披露してくれたあと、「ふごっ」と深々とお辞儀をして納屋を出て行った。

すっかり元気になったみたいだし、帰るのかな。

……と思ったけど、松の木の下に移動して居眠りをはじめちゃった。

いやいや、クマさん？

暴風雨じゃないとはいえ雨は降ってるわけだし、納屋でゴロゴロすれば良いのに。モチたちも喜んでたけど、この小雨ってそんなに気持ちいいのかな？

「……ていうか、改めて変な天気だよなぁ」

庇の下から空を見上げてつくづく思う。

敷地外は台風の真っ只中《まっただなか》なのに、この庭は小雨が降ってるだけ。

普段と変わらず、穏やかな空気が流れている。

「台風対策した意味、なかったな」

思わずため息。

この2日間の苦労はなんだったんだろう……。

というか、白狼さんってずっと前から神域に来てるみたいな空気出してるけど、ここが台風の影響を受けないって知らなかったのかな？

台風のこと自体知らないみたいだったし、初体験だったとか……？

「くわっ」

首を捻っているとモチたちが帰ってきた。

「お、水浴びは終わり？」

「わっわっ。オワリ」

「オワリ」

「キモチヨカッター」

「そりゃ良かった。朝ご飯あるから、食べよう」

「「「くわっ！」」」

待ってましたと言いたげに、綺麗にハモるアヒルちゃんたち。

なんだかんだで時間が経っちゃったから、もう一回ハムエッグトーストを温めないとね。

――てなわけで。

少し遅めの朝ご飯をみんなで食べて、台風が通り過ぎる昼過ぎくらいまで待ってから、雨戸を打ち付けてる釘やらを外して回ることにした。

勘吉さんから「緊急の連絡」が入ったのは、そんなときだった。

＊＊＊

その日の夕刻。

アヒルちゃんたちと向かった勘吉さんの家には、見知らぬ人たちが沢山集まっていた。

みんな、似たような反射安全ベストを着ている。

警備員さんが夜間に着てる、光を反射させるアレだ。

確か車のライトとかを反射して、存在を知らせることができるんだよね。

ウチのアヒルちゃんたちが道端に出ることはないと思うけど、一応こういうやつを着させてあげたほうが良いかな？

「……おお、アキラくん。来てくれたか」

なんて考えていたら、勘吉さんが声をかけてきた。

彼も同じようなベストを着ている。

お昼過ぎに勘吉さんから「消防団の仕事を手伝って欲しくて、できればすぐに家に来て欲しい」と連絡があった。

詳しい話は会ってからで良いかなと思ってすぐに飛んできたんだけど……なんだか物々しい雰囲気。

「いきなり呼び出しちゃってごめんね」

「全然平気ですよ。でも、なにがあったんです？」

「実は御科岳で土砂崩れが起きたんだ」

「……え？　土砂崩れ？」

「そうなんだ。それでキミにも——と、ちょっと待ってね」

数名の男の人たちがやって来た。

彼らはリストのようなものを見ながら勘吉さんと話して、どこかへと出発して行った。

「……ええっと、ごめん。どこまで話したっけ？」

「土砂崩れが起きたってところです」

「ああ、そうそう。それで、これから消防団総出で住人の安否確認をしに行くんだよ」

なるほど。

さっき出発した人たちはそれだったのか。

土砂崩れが起きたのは、御科岳の南側……つまり、この町がある方面みたい。

今のところ住宅に被害は出ていないらしいけど、多くの人が近くの小学校に避難しているのだという。

だけど安否確認が取れていない住民も多く、今から自宅に確認しに行くらしい。そのお手伝いをやるってわけだ。

「山に入るわけじゃないから危険はないけど人手が必要でさ。すまないけど、お願いできるかな？」

「わかりました、是非協力させてください」

「ありがとう。助かるよ」

「安否確認にはこの子たちも連れていって良いですか？」

足元で不思議そうにキョロキョロしてるモチたちを見る。

「アヒルちゃんを？」

「はい。もしものときの救助活動の協力……は無理かもしれませんけど、場を和ませることができると思いますし」

アヒルちゃんたちに愛嬌を振りまいてもらえば、災害の暗い雰囲気も改善されるはず。

勘吉さんは少しだけ考えて、頷いてくれた。

「わかった。そのときはよろしく頼むよ」

「ありがとうございます」

「くわっ！」

モチが元気よく鳴く。

周囲から笑い声が漏れた。

集まった人たちから「可愛いねぇ」とか「手伝って偉いね」なんて可愛がられはじめる。

重苦しかった空気が一瞬で明るくなったな。

やっぱりアヒルちゃんたちを連れてきて正解だった。

「よし。それじゃあ行こうか」

僕は勘吉さんとふたりで安否確認に行くことになった。

安否不明になっている最初のお宅は、ここから車で15分くらいの場所だ。

そこの地区3世帯ほどの住民が安否不明になっているみたい。

台風の影響で停電になっている場所も多く、それで連絡が取れなくなっている可能性が高いと勘吉さんは言っていた。

「……だけど、土砂崩れなんて怖いですね」

勘吉さんの車の助手席。

3羽のアヒルちゃんを抱えた僕は、ふとそんなことを口にした。

今回、僕の家の近くでは被害が出なかったけど、山暮らしをしている以上、他人事《ひとごと》じゃないよね。

「先日見て回ったときは土砂崩れの前兆はなかったんだよね。斜面に亀裂もないし、水の吹き出しもなかったんだ」

「そうなんですね」

確かハザードマップにも、土砂崩れの心配はないって書かれていたっけ。

なのに突然土砂崩れが起きるなんて、それほど今回の台風がひどかったってことなんだろうか。

「アキラくんの家は大丈夫だった？」

「はい。前日にしっかり対策をしていたので」

実は神域の力のおかげで小雨程度で済んだんです……とは、心の中で返す。

ふと見た道の脇に根本からポッキリ折れてしまっている大木や、どこからか飛んできた看板が転がっていた。

ちょっとゾッとしてしまった。

かなり強い台風だったんだな……。

神域の効力がなかったら、ウチにも相当被害が出ていたかもしれない。

そうして到着した、最初のお宅。

若い夫婦が住んでいる一軒家だったけれど、家も倒壊しておらず無事だった。

丁度、安否確認の連絡を消防団にするところだったみたい。

2軒目も同じ感じ。

土砂崩れが起きたことは知らず、勘吉さんから状況を聞いて驚いていた。

最後の3軒目のお宅に住んでいたのは、ひとりのおばあちゃんだった。

「わざわざありがとうございます。私はなんとか無事ですよ」

「それは良かった。まだまだ風が強いですし雨も続いています。もし不安なら小学校の体育館が開放されているので避難なさってください」

「ご丁寧にありがとうございます」

深々と頭を下げるおばあちゃん。

だけど、避難はしないと言う。

「足腰が悪いというのもあるんですけど、この家を離れるわけにはいかないんですよ。主人との思い出が詰まった大切な場所なので……」

どうやらおばあちゃんは去年夫を亡くして、ひとりで暮らしているらしい。

倒壊するなら家と一緒に――とはハッキリ言わなかったけど、そういう意思が感じ取れる。

そんなことを言わずに命を大事に、なんて言えなかった。

なんだか軽くて無責任な言葉のように思えたからだ。

「……ん？」

と、何気なく視線を送った家の庭。

ひどい光景が広がっていた。

大きな枝が地面に突き刺さっているし、葉っぱやビニール袋などのゴミが散乱している。

「……あの、あれって」

「風で飛んできたんですよ。明日にでも息子に来てもらって片付けてもらいますよ」

おばあちゃんの息子さんは車で1時間のところに住んでいるのだとか。

避難所に行くにもひと苦労だというのなら頼むしかないんだろうけど、きっと息子さんも台風で大変だよね。

「あの、良ければ僕が片付けましょうか？」

なので、協力を申し出た。

おばあちゃんは「えっ？」と驚いた顔をする。

「安否確認もここで最後ですし、庭のゴミの片付けを手伝いますよ」

「ほ、本当ですか？　ありがとうございます……助かります」

ありがたやと柏手を打ちながら、深々と頭を下げるおばあちゃん。

だけど、隣の勘吉さんは目を丸くしていた。

……あ、しまった。

勝手にひとりで話を進めちゃってた。

「す、すみません勘吉さん。この方が困っているみたいだったので、つい……そういうのダメですかね？」

「いやいや、むしろ大歓迎だよ」

「……え？」

「そういうのも消防団の大切な仕事だからね。いつキミに切り出そうか迷っていたところだった」

ニッコリと微笑む勘吉さん。

多分、人付き合いを避けている僕に配慮してくれたんだと思う。

うう、ほんとすみません。

「それじゃあ、一緒にやろうか、アキラくん」

「……はいっ！」

というわけで、いざ庭掃除開始——の前に、軍手を取りに車に戻ることに。

ドアを開けた瞬間、待っていたアヒルちゃんズが「それいけ！」と助手席から飛び出し、庭のほうへと走っていった。

「ちょ、みんなどこ行くの⁉」

「わっわっわっ！」

「くわっ！　くわっ！」

「が〜っ！」

「あらら、可愛い子たちね」

やってきたアヒルちゃんたちを見て、おばあちゃんもニッコリ。

「うふふ、あなたたちもお手伝いしてくれるの？」

「「くわっ！」」

アヒルちゃんたち、綺麗にハモる。

威勢よく返事しちゃってるけど、キミたち掃除のお手伝いとかできるの？

これから庭で遊べる……なんて勘違いしてないよね？

「……けどまぁ、愛嬌を振りまいてくれるなら良いか」

そのために連れてきたんだし。

実際、おばあちゃんも笑ってるしね。

「それじゃあ、はじめますね、おばあちゃん」

「はい。よろしくお願いします」

みんなで手分けをして掃除をはじめる。

大きい木の枝は日頃から体を鍛えている勘吉さんにお任せして、僕は細かい枝を集めることに。

一方のアヒルちゃんたちは、庭のあちこちを探索しはじめる。

いろんな隙間にくちばしを突っ込んでガサガサ……。

アヒルちゃんって服の下とかにくちばしを突っ込んで、あんなふうに探しものをするのが好きなんだよね。

多分、遊びの一環だと思うんだけど……え？　やっぱり遊びだと思ってる？

「くわっ！」

「……お？」

なんて思ってたら、モチが葉っぱを沢山咥えてやってきた。

なんだ、ちゃんと掃除してくれてるじゃん。偉い偉い。

そんなアヒルちゃんたちの協力もあって、掃除は30分ほどで終わった。

細かいゴミはゴミ袋に入れ、大きな木の枝はロープで縛って、掃除完了。

「皆さん、本当にありがとうございます」

おばあちゃんがなにかを持ってきてくれた。

キンキンに冷えた麦茶と羊羹だ。

僕と勘吉さん……それに、アヒルちゃんたちの分まで用意されている。

「これ、アヒルちゃんも食べられるかしら？」

「多分大好物だと思いますよ。……な？」

「「ぐわ〜っ！」」

もちろんと言いたげに翼をばたつかせるモチたち。

見た目はアヒルだけど、胃袋は異世界の神獣様だからね。

むしろ一個じゃ足りないくらいだと思うけど——。

「……わっわっ？」

案の定、光の速さで食べ終えたテケテケから「おかわり欲しいんですけど？」と物欲しげに見られてしまった。

続けて、ポテとモチにも……。

そ、そんな目で見ないでくれ。

これは僕の羊羹で……ううっ！

結局、可愛い圧に負けて、僕の分を三等分にしてみんなに分けてあげた。

くそう。めちゃくちゃ美味しそうな羊羹だったのに。

次取り寄せる和菓子は羊羹にしようっと。

お酒とも良く合うだろうし、神埼さんも喜ぶでしょ。

「……あ。そう言えば、神埼さんは大丈夫なのかな？」

「神埼さん？」

そう尋ねてきたのは勘吉さん。

僕は小さく頷く。

「隣山に住んでいる方です。この前偶然ホームセンターで会って、仲良くさせてもらってるんです」

「へぇ、そうなんだ」

勘吉さんは、しばしなにかを思い返すような素振りを見せ、続ける。

「そういや隣山に都会の人が引っ越して来たって言ってたけど、その人かな？　なんでもすごい格好をしてるとかなんとか……」

「間違いなく、その人ですね」

即答した。

山を歩くときは宇宙服みたいな防護服を常に着てるし。

てなわけで、羊羹をありがたくいただいたあと（僕はいただいてないけど）少しだけおばあちゃんと雑談してから、帰ることにした。

勘吉さんの家に一旦戻り、消防団の班長さんに安否確認の報告をする。

確認が取れていなかった世帯は全部で数十件ほどだったけど、全員の無事が確認できたらしい。

怪我人もゼロ。本当に良かった。

解散する頃には夜になってたけど、空には綺麗な星が輝いていた。

これは明日も暑くなりそうだ。

勘吉さんから今晩は泊まっていくよう勧められたけど、丁重に断った。

神崎さんにＬＩＮＫＳを送ったけど既読がつかないし、ちょっと心配になったんだよね。

勘吉さんの家をあとにしたその足で、神崎さんの家に寄ってみる。

パッと家を見た感じ、なんの被害もなさそう。

一応安否の確認をしたくて呼び鈴を鳴らしたら、すごい格好の神崎さんが出てきた。

前面が大開放されているモコモコのジップパーカーの下に見えるのはスポーツブラ。そしてホットパンツ。

こ、これは、ちょっと目のやり場に困る格好だな……。

「……あれ？　アキラさん？」

「こ、こんばんは……」

「どしたんスか？　こんな時間に」

「あ、えと、ＬＩＮＫＳに既読がつかなかったので、大丈夫かなと」

「あ〜……えっと……ごめん、酔いつぶれてたッス。てへぺろ」

詳しく聞けば、台風で外に出ることもできず、お昼くらいからずっとお酒を飲んでいたんだとか。

それで酔いつぶれ、今に至る。

……いや、酔いつぶれて寝てただけか〜い！

「えへへ……アキラさん家は大丈夫だったスか？」

「はい。全く被害はありませんでした」

「あ〜、そういえば写真送ってきてくれてたッスよね。次、台風きたらアキラさん家に泊まるんで、ヨロ〜」

「……うぇっ⁉」

と、と、泊まる⁉

いやいや、流石にそれは色んな意味でマズいのでは⁉

「く、来るのは全然良いですけど、泊まるのはちょっと……」

「え？　なんで？　てか、どしたんスかアキラさん？　顔真っ赤ッスよ？」

「な、なんでもないです！」

「うふふ、アキラさんってばウブなんスねぇ？　かわゆい」

「……っ⁉」

こっ、これは完全におちょくられている⁉

クソっ！　これだから陽キャは！

色々と心配して損した！

「……とりあえず、帰りますね」

「はい、わざわざ来てくれてあざますっ！　……あ、ちょっと飲んでいきます？」

「いきません」

「ですよね〜、ワラ」

ケラケラと笑う神埼さん。

ちょっとウザい。

夜っていつもこんなテンションなんだろうか。

もしかしてお酒がまだ残ってるとか？

ちょっとげんなりしつつ、停めておいた軽トラに戻る。

「……ん？」

と、ふと視線を送った先……暗い山の中に、ぼんやりと光る青白い毛並みをしたキツネさんを見つけた。

あの雰囲気、多分、神獣様だろう。

隣山にも出張してるのかな？

……あれ？　だけど、異世界からやってきた神獣様は全員御科岳にいるって言ってなかったっけ？

なんで隣山に？

「……もしかして土砂崩れのせいとか？」

ほら、土砂崩れで住処を追われちゃったとか。

ふと、嫌な予感が脳裏をよぎる。

そういえば、今朝はクマさんしか庭に来てなかったよね。

白狼さんとかドラゴンさんとか、大丈夫なのかな？

ううむ、ちょっと心配になってきたな。

＊＊＊

台風が過ぎ去った翌日。

山暮らし71日目。

天気は良くなったんだけど、ジメジメとしてて、めちゃくちゃ蒸し暑かった。

台風のあとって、こんな感じだよね……。

神域の力で台風の力を弱めることができるのなら、この暑さもどうにかして欲しいところ。

でもまぁ、町中よりいくらか涼しいんだろうけど。

クーラーを付けたくてたまらないけど、せっかく山暮らしをはじめたんだし文明の力を借りずにいきたい。

というわけで、涼しい風を循環させようと縁側の窓を開けに行ったんだけど――。

「……あれ？　誰も来てない」

庭はしんと静まり返っていた。

池の蛇口からチョロチョロと流れでている山水の音だけが響いている。

台風が来る前は少なくとも10匹くらいの神獣様が来てたよね？

「これはやっぱりおかしいな……」

脳裏に去来したのは、昨日の土砂崩れのこと。

隣山で神獣様を見かけたし、やっぱり土砂崩れの被害を受けちゃってるんじゃないだろうか。

考えれば考えるほど、むくむくと不安が大きくなる。

相手は神様だとはいえ、療養中の身。

傷つき、力を出せなくなっている神獣様も多いはず。

土砂崩れに巻き込まれちゃったりしたら、ひとたまりもないだろう。

「……見に行ってみよう」

善は急げと、山に入る準備をする。

作業着に軍手。ジャングルブーツ。

水分補給用の水筒に食べ物。

農作業用のスコップと鍬。

さらに、もしものための救急箱も。

よし。これくらいあれば大丈夫だろう。

土砂崩れの現場は御科岳の南側だって言ってたっけ？

スマホで町役場のホームページを見ると、詳しい場所が載っていた。

軽トラを使えば20分くらいで行けそう。

「……くわっ？」

モチが「どうしたの？」と言いたげに声をかけてきた。

彼女の後ろには、テケテケとポテもいる。

「あ、散歩じゃなくて、土砂崩れの現場を見に行くんだ。もしかすると神獣様たちが巻き込まれちゃってるかもしれないからさ」

「くわわっ！　イク〜！」

「え？　モチたちも行きたいの？」

「くわっ！」

「わっわっわっ！」

「が〜っ！」

ドタドタと走り回るモチたち。

散歩より気合が入っている感じがする。

ひょっとするとこいつらも、異変を感じ取っているのかもしれないな。

「よし、それじゃあみんなで行こう」

「わっ！　わっ！」

軽トラに飛び乗った僕たちは、土砂崩れが起きたという現場へと急いだ。

＊＊＊

結局、現場には車で行けず、途中から歩くことになった。

今回の地すべりは広範囲で起きているらしく、道路の一部が土砂に埋まっていたからだ。

流石に道路のど真ん中で神獣様が生き埋めになってることはないだろうから、確認すべきは山中で起きている土砂崩れ現場だよね。

そうして、スマホのナビを頼りに歩くこと、30分ほど。

御科岳の斜面をスプーンですくい取ったかのような土砂崩れ現場が見えてきた。

「……こ、これは」

その光景を見た僕は、軽く絶句してしまった。

急斜面から雪崩のように落ちてきている土砂の周辺に、多くの神獣様たちが倒れていたからだ。

怪我を負って動けなくなっている神獣様や、血まみれになっている神獣様。まだ土砂の中に半分埋もれたままの神獣様もいる。

そして——彼らを手当てしている、リノアちゃんの姿があった。

「リノアちゃん⁉」

「……っ⁉　アキラ様⁉」

リノアちゃんがギョッとした顔でこちらを見る。

「ど、どうしてアキラ様がここに⁉」

「庭に神獣様がいらっしゃらないから心配になって見に来たんです。やっぱり土砂崩れに巻き込まれていたんですね？」

「ええ、そのようでございます」

沈痛な面持ちでリノアちゃんが続ける。

「今朝から神獣様たちの姿が見えないのでリノアもお探ししていたのですが、多くの神獣様たちが土砂崩れに巻き込まれてしまったらしくて……」

リノアちゃんが言うには、土砂崩れが起きたこの場所は、神獣様たちが通る獣道ならぬ「神獣道」だったらしい。

そして、運悪く神獣様たちが通っている最中に土砂崩れが起きてしまった。

「わたくしが一緒だったらこんなことには……リノア、一生の不覚でございます……」

「なにを言ってるんですか。リノアちゃんは悪くありませんよ。ひとまず、急いで神獣様たちを避難させましょう」

「は、はいっ」

コクリと頷くリノアちゃん。

とはいえ、どうやってこの大量の土砂の下から神獣様たちを助ければ良いのか皆目見当もつかない。

スコップと鍬は持ってきたけれど、僕とリノアちゃんだけでやるのは途方もなさすぎる。

それに、いつまた土砂崩れが起きるかわからない。

天候は回復しているとはいえ、地盤は緩んだままだし。

「くわっ！　くわっ！」

「……モチ？」

少し離れた場所にいたモチが、突然バタバタっと翼をはばたかせた。

瞬間、目を疑うようなことが起きる。

彼女の周囲の土砂が、ズゴゴゴッと浮かび上がりはじめたのだ。

「んな、な、なぁあああ⁉」

びっくりしすぎて、すっ転んでしまった。

「なな、なんだこれ⁉　ど、どしたモチ⁉」

「こっ、これは【物体浮遊《レヴィナス》】の魔法でございますっ！」

「ふぁああっ⁉　ま、まま、ま、魔法ぉおお⁉」

そんな、ファンタジーの世界じゃあるまいし！

アヒルちゃんが魔法とか……って、ちょい待ち！

そういやモチさんってば、異世界の神獣様でしたっけ⁉

「ぐわわ〜っ！」

「ぐっぐっ！」

テケテケとポテも、周囲の岩や大きな枝を空中に浮遊させはじめた。

す、すす、すごい。

おふたりも、さも当たり前のように魔法を使ってる……。

こんなことができたんですね、アヒルのみなさん。

いつも、幸せそうに遊んでるだけの可愛い存在とか思ってすみません。

「ですが、これほどの広範囲にレヴィナスの効果を発動させるには、相当な魔力が必要でございます。今のグリフィン様たちにそんな力はないはずですが……」

リノアちゃんも驚いている様子。

モチたちって魔力を失ってアヒルの姿になってるって言ってたっけ。

「もしかすると、アキラ様のおかげなのかもしれません」

「……え？　僕？」

「はい。神気の力を使えるようになったアキラ様が毎日グリフィン様たちのお世話をしているおかげで、かなりのスピードで魔力が回復しているのではないでしょうか」

「そ、そうなんだ？」

確かに出会った頃より図々《ずうずう》し――元気になってるような気がしなくもないけど、あれって僕に慣れてきたからじゃなかったんだ？

「くわっ、くわっ……」

モチたちがヨチヨチと土砂崩れが起きた場所へと歩いて行く。

大量の土砂が空中浮遊し、下敷きになっていた神獣様たちが姿を現した。

「見てくださいリノアちゃん！　神獣様たちが！」

だけど、モチたちの力はあまり持続力がないようで、浮かび上がった土砂がバラバラと落ちはじめた。

「……ま、まずい！　急いで助けましょう！」

「はいっ！」

モチたちが踏ん張ってくれている間に、リノアちゃんと手分けして神獣様たちを土砂の下から救い出す。

全員を引っ張り出した瞬間、ドサドサッと土砂が落ちてきた。

「モチ！　みんな！」

「くわ……っ」

力なく鳴くと、くたっとその場にしゃがみこんだ。

とっさに抱きかかえたけれど、モチたちに怪我はなさそう。

ただ、ちょっと疲れちゃってるみたい。

「ありがとうな、みんな」

「ぐっ」

家に帰ったら、美味しいご飯作ってやるからな。

とりあえずアヒルちゃんたちには休んでもらい、土砂の下から救出した神獣様たちの元へ向かう。

引っ張り出してきた神獣様は、全員で10匹ほどだった。

その中に白狼さんやドラゴンさん、それにシカさんもいた。

庭にやってこないなと思ってたけど、やっぱり巻き込まれていたみたいだ。

「白狼さん！　大丈夫ですか!?」

「……」

声をかけたけど、反応はない。

気を失っているのか？

血まみれになっている神獣様もいるし、全員がひどい怪我を負っている。

このままじゃ危険かもしれない。

「アキラ様！　神獣様たちを急いで神域にお連れしましょう！」

リノアちゃんが悲鳴のような声をあげる。

「治癒効果が高まっている神域内なら、神獣様たちが命を落とすことはないはずです！」

そうだ。

怪我を負った神獣様たちの療養地である神域なら、白狼さんたちを助けることができるかもしれない。

だけど――問題はどうやって神域まで運ぶかだ。

神獣様の数は、土砂の下から救出した数も含め、2、30ほど。

大きなクマや、ウマの姿をした神獣様もいるし、軽トラの荷台じゃ全員運ぶことはできない。

かといって、呑気に何度も往復していたら、多くの神獣様が命を落としてしまうだろう。

「が～、アキラ」

と、僕の名を呼ぶ声。

ふりむくと、ヨチヨチとモチたちがこっちに歩いて来ていた。

「アキラ、シンキ」

「……え？　シンキ？　神域の力のことか？」

「ソウ。シンキ、ツカウが～」

「アキラ、タスケル」

ポテやテケテケも続く。

多分、助言をしてくれているんだと思う。

アドバイスはとてもありがたいし、彼らを助けたいのもやまやまなんだけど、問題はそこじゃないんだよ。

どうやって彼らを神域まで連れていけば良いのかがわからない。

逆にここに神域を移動できたら話は簡単なんだけど――。

そこで僕はハッと気づく。

「……あっ」

そうか。そういうことか。

モチたちは、僕が助けろって言ってるんだ。

僕なら彼らを助けることができる――。

自分の手のひらを見て、僕はそう思った。

＊＊＊

「……え？　アキラ様の力で？」

「はい。移動型神域になっちゃった僕の力を利用して、神獣様たちに応急処置をします！」

神獣様を助ける方法。

それは、怪我を負った神獣様をひたすら撫で回していくこと――もとい、触れていくことだ。

神域の影響を受けて移動型神域になっちゃった僕の力を使えば応急処置くらいはできるはず。

神域から出ている神気は、神獣様たちの治癒力を促進する力がある。

それを僕は手のひらから出せるようになっちゃったわけだけど、その効力は先日のクマさんで実証済みだ。

ナデナデしてたら、怪我してた足が一瞬で治っちゃったもんね。

「とりあえず、片っ端から神獣様をナデナデしていきます。まずは重症の神獣様のところへ案内してもらえますか？　リノアちゃん」

「は、はいっ！　では、こちらへ！」

最初にリノアちゃんに案内してもらったのは、ウマの姿をした神獣様。

土砂崩れに巻き込まれて前足が折れてしまっている。

さらに腹部からも大量の出血が……。

早く治療してあげないと危険だ。

「よ、よし……っ！」

おもむろにウマさんの体に触れる。

患部を直接触るわけにはいかないので、怪我をしている付近を優しく撫でる。

「あっ⁉」

「……やった！　傷が消えていくぞ！」

出血がピタリと止まった。

さらに、ひと撫でする度に、折れていた前足がグググッと元の形に戻っていく。

これはすごい。

「すっ、すごいでございますアキラ様！　怪我が治っていきます！」

リノアちゃんもびっくりの様子。

移動型神域になっちゃった人間が手当てをするのは初めて見るのかもしれない。

まぁ、そりゃそうか。

神域に影響されて神気を放つようになっちゃいましたなんて、そうあるわけないもんね。おじいちゃんでも無理だっただろうし。

それからリノアちゃんに先導してもらって神獣様たちの応急処置を続け、5分ほどで処置が完了した。

どうやら全員、無事の様子。

「よ、良かった……」

ホッとした表情をするリノアちゃん。

「これで神獣様たちは助かったと思います。アキラ様、本当にありがとう――」

「いえ、安心するのは早いですよ。体力の消耗もあるでしょうし、完全に治癒していない可能性もあります。急いで神域にお運びしましょう」

あくまでこれは応急処置。

完全に治癒させるためには、ゆっくり神域で休んでもらわなきゃ。

だけど、時間の猶予はできたし、庭とここを往復することができそうだ。

「行きましょう、リノアちゃん」

「は、はいっ」

道路に停めてある軽トラまで神獣様を運び、神域へと向かう。

運び終えたら再び土砂崩れの現場に戻って、次の神獣様たちを運ぶ。

全員を運び終える頃には、すっかり空は茜色《あかねいろ》に染まっていた。

現場に来たのは早朝だったから、丸一日かかっちゃったことになる。

その晩は神域での治癒を続けるため、神獣様とリノアちゃんはウチに泊まることになった。

治癒力を促進させるために、僕も夜通しで撫でてあげることに。

そして迎えた翌朝――。

庭には、いつもの光景が広がっていた。

昨日の凄惨な状況からは想像できないくらい、穏やかな雰囲気の神獣様たちが思い思いの場所でのんびり日向ぼっこをしている。

リノアちゃんにブラッシングをされて、すごく気持ちよさそうな顔をしてるし……うん、完全に回復したみたいだね。

一時はどうなることかと思ったけど、本当に良かった。

「おはようございます、アキラ様」

僕に気づいたリノアちゃんが手をとめ、深々と頭を下げてきた。

「昨晩は本当にありがとうございました。神獣の巫女として、改めてお礼を申し上げます」

「いやいや、そんなかしこまらなくても……」

「いいえ。こういうことはキッチリとしておかなくてはいけません。アキラ様がいなかったら、今ここにいらっしゃる神獣様の多くが命を落としていたはずでございます」

真剣な眼差しを向けられ、少し恐縮。

確かにあのまま放置していたら大変なことになっていたとは思う。

だけど、神獣様を助けることができたのは、モチたちやリノアちゃんがいたからだし。

「アキラ様」

と、僕を呼ぶ声。

白いモフモフの狼さん。

意識を取り戻した白狼さんだ。

「助けていただき本当にありがとうございました。神獣を代表してお礼を」

「だ、だから、かしこまらなくて良いですってば」

いい加減、背中がむず痒《がゆ》くなってきちゃった。

こういうのって慣れてないから、ホントやめて欲しい。

助かったよ、サンキューくらいの軽い感じで良いんだけどな。

白狼さんが唸るように続ける。

「しかし、不運でした。まさか私たちが通りかかったときに、狙いすましたかのように土砂崩れが起きるなんて……」

「兆候はなにもなかったみたいですし、これぱっかりは不運でしたね」

神様にそんなことを言うのは少しナンセンスだけど。

だけど、本当に不運だよね。

また同じようなことが起きないように、運気を呼び寄せるようなことをしてあげたいけど。

……あ、そうだ。良いこと思いついた。

「では幸運を招くご飯を用意しましょうか？」

「……え？　幸運を招く？」

くうん？　と首をかしげる白狼さん。

「そんな料理があるのでございますか？」

「はい。ちょっと作ってきますね。白狼さんやリノアちゃんたちは休んでいてください」

「わ、わかりました、アキラ様！　ですが、わたくしはリノアちゃんではなく、リノアさんでございます！　先日から気になっておりましたが！」

あ、やっぱり気になってた？

スルーしてたから、ちゃん付けでオッケーになったのかと思ってたよ。

キッチンへ向かう前に、ちょっと書斎へ。

おじいちゃんのスローライフマニュアルに「幸運の食べ物」について書いてあったんだよね。

「ええっと、確かどこかに……あ、これだ」

あったあった。

これがあれば、きっと不運だった神獣様たちにも運気が戻るはず。

「くわっ？」

書斎の入口からヒョイッとモチが顔を覗かせる。

「えっへっへ、楽しみにしててよモチ。今日のご飯は『七草粥』だから」

ホイル焼きに並ぶ、実家の定番料理だ。

実家にいるときに毎年1月7日に食べてたんだよね。

七草粥は春の七草が全部入った節句の行事食で、その年を無病息災で過ごすことができるとか。

ホイル焼きと違って作り方は知らなかったけど、おじいちゃんのスローライフマニュアルにバッチリ書かれていたから問題なく作れる。

とはいえ、今は夏に片足を突っ込んじゃってる季節。冬が旬の食材も入っている春の七草は使えない。

だけど、そういう場合は「夏の七草」を使えば良い。

スローライフマニュアルに、夏の七草がどこで採れるかも書いてあった。

流石は母に七草粥の作り方を伝授した原三郎おじいちゃんである。

これぞ、さすおじ！

「よし、さっそく七草を採りに行こうか」

「くわ～っ！」

リビングでのんびりしていたポテとテケテケを加え、アヒルちゃんズと一緒に家を出る。

夏の七草は「アカザ」「イノコズチ」「ヒユ」「スベリヒユ」「シロツメクサ」「ヒメジョオン」「ツユクサ」の七種類。

全て御科岳に生えている野草で、山の深いところに行かなくても家の周囲で採れるみたい。

くわしい群生地が書かれてあったのでスマホの地図を見ながら向かったんだけど、本当にあった。

やっぱりおじいちゃんすごい。

「ぐわ～っ」

七草を採っていると、モチがひょこひょことやってきた。

どうやら沢で魚をとってきてくれたみたいだ。

「おお、ありがとう。これも一緒に神獣様たちにお出ししよう」

「わっ！」

「というか、昨日はありがとうねモチ？　お前たちがいなかったら、神獣様たちは土砂の下で命を落としていたかもしれないよ」

「……くわっ?」

どういうこと?

……と言いたげに首をかしげるモチちゃん。

あんなことをしておいて覚えてないってわけじゃないだろうし、多分、すっとぼけてるんだろうな。

こいつはホントに可愛いんだから。

両手を使って撫でまくる。

うりうり。

移動型神域の力、堪能したまえ。

「こんなに可愛いのに、あんなすごい力を使ってさ。……あ、そうだ。あの力、庭掃除でも使えないかな?」

「……っ!　ぐわわっ!」

「あ痛っ!?」

突っつかれた。

無礼者!　みたいに言われた気がする。

ごめんなさい。

調子に乗りすぎました。

そんなこんなでひと通り七草を採取して、自宅へと戻る。

スローライフマニュアル片手に、七草粥作りのスタートだ。

「……と、その前に」

なんだか物欲しそうに縁側からこちらを覗いているリノアちゃんが目に止まったので、いちご大福をお出しすることに。

「はい、どうぞ」

「……えっ⁉　リ、リノアは別にイチゴダイフクを食べたかったからアキラ様を見ていたわけでは……」

「いらないんですか？」

「いりますけれども！」

ガッシとお皿を掴《つか》んでくる。

正直に食べたいって言えば良いのに。

ニコニコと嬉しそうにいちご大福を食べはじめる可愛いリノアちゃんをしばし堪能し、改めて料理開始。

まずは七草を軽く茹でる。

特にスベリヒユはしっかり茹でないと酸味成分が消えないみたいなので、しっかりと。

茹でたらお湯を切って、流水でささっと洗う。

それから包丁で1センチ幅くらいに切って鍋に投入。

ご飯と水を入れてしっかり煮立て、味を整えるために塩を入れたら完成だ。

「う～ん、良い匂い」

七草の独特の、なんともさわやかな香りがする。

懐かしいなぁ、この匂い。

この香りにはリラックス効果もあるみたいだし、怪我で体が弱っている神獣様たちにはピッタリだよね。

熱々は危険なので、ちょっと冷ましたものをお出しする。

庭に持っていくと、香りに釣られて神獣様たちやリノアちゃんが集まってきた。

「……？　アキラ様、これは？」

茶碗に入った七草粥を訝しげに凝視するリノアちゃん。

「七草粥って言って、食べると一年無病息災になる幸運の食べ物なんです」

「幸運の食べ物……？」

ほんとにそんなものがあるのか……と言いたげな顔。

「とにかく、食べてみてください」

「……い、いただきます」

リノアちゃんは眉根を寄せたまま、スプーン（リノアちゃんはお箸が使えないのだ）でパクリと食べた。

「あっ」

瞬間、パッと顔が明るくなった。

「これ、さっぱりしていて美味しいです！」

「流石アキラ様の料理……大変美味しゅうございます！」

リノアちゃんに続いて歓喜の声をあげたのは、白狼さんだ。

他の神獣様たちも美味しそうにあぐあぐと食べている。

異世界で食べるご飯って、味が薄いものばかりって前にリノアちゃんが言ってたし、こういうものが合ってるのかもしれない。

異世界の方たちに大人気の七草粥は、あっという間になくなった。

おかしいなぁ？　大鍋で作ったんだけどな？

「アキラ様、美味しい料理をありがとうございます」

リノアちゃんが神獣様たちの器を集めて持ってきてくれた。

「いえいえ。お粗末様でした」

「今回の土砂災害で、このリノア……改めてアキラ様に感服いたしました」

リノアちゃんはピンと姿勢を正すと、深々と頭を下げる。

「アキラ様、あなたは原三郎様のあとを継ぐ神域の守り人にふさわしい……いや、原三郎様以上の守り人でございます！　故にこのリノア、正式な守り人としてアキラ様を聖道教会に申請したいと思っております！　いかがでございましょうか⁉」

「うえっ⁉　せっ、正式な守り人……⁉」

びっくりしすぎて、大鍋を落としそうになってしまった。

同時に、僕の脳裏にサラリーマン時代のことが蘇《よみがえ》る。

少し前まで僕は、誰かの期待を背負って、その想《おも》いに応えようと必死に頑張ってきた。

その結果——神経をすり減らし、体を壊してしまった。

そのとき僕は、「もう二度と、身の丈に合っていない期待に応えるのはやめよう」と誓った。

だけど……今回はサラリーマン時代のそれとは大きく違う。

神経をすり減らす必要もなく、ただのんびりと山暮らしをしていれば良いだけなのだ。

朝起きてアヒルちゃんたちと体操をやったり、野菜の世話をしたり庭掃除をしたり。

時々、消防団のお仕事を手伝ったり勘吉さんの家に行ったり。

神埼さんとおしゃべりしながらお酒を飲んだり、こうしてリノアちゃんや神獣様たちと庭でまったりしたり。

そんなことをしているだけで誰かの助けになるのなら……応えてあげたい。

「……わかりました。僕で良ければ正式にお受けいたします」

「おお、本当でございますか⁉」

嬉しそうに飛び跳ねるリノアちゃん。

「おお！　アキラ様が正式に守り人に……！」

「がおがおっ！」

白狼さんやドラゴンさんたちも喜んでいるみたいだ。

えへへ、そこまで喜んでもらえると、こっちも嬉しくなっちゃう。

ていうか、山暮らしをはじめようと思った理由のひとつが、このお人好しな性格を変えるためだったんだけど……人間って変わらないもんだね。

まぁ、24年もそうやって生きてきたんだし、諦めるしかないか。

これからもうまく付き合っていきましょう。

モチから「おかわりある？」とくちばしで突っつかれながら、そんなことを思う僕なのだった。

＊＊＊

山暮らし73日目。

いつもと変わらない朝が来た。

布団から出てキッチンに向かい、コーヒーメーカーのスイッチを入れる。

それから縁側の雨戸を開け、陽の光を全身で浴びる。

すると、後ろからアヒルちゃんたちがヨチヨチとやってきた。

「おはようみんな」

「くわっ」

「が〜……」

「にゃむにゃむ……」

そのまま庭に出て池へと向かう。

朝の水浴びタイムだ。

僕も彼らと一緒に庭に出て、気持ちの良い朝日を受けながら軽く体操をすることにした。

いつもと変わらない日常。

これが僕のモーニングルーティン。

とはいえ、この日常も久しぶりな気がする。

ここ最近は毎日バタバタしていたからなぁ……。

台風対策をやって、住人の安否確認をしてまわり、それから神獣様の救助をして、彼らの命を救った。

今思い返しても、怒濤《どとう》の数日間だったな。

昨日はリノアちゃんと一緒に御科岳にいる神獣様の安否を確認してまわったし。神獣様たちは全員無事だったから安心したけどね。

というか、人付き合いを避けて山暮らしをはじめたのに、住民だけじゃなくて神様の安否確認をすることになるなんて、おかしなこともあるもんだ。

別れ際にリノアちゃんから改めて「神域をよろしくお願いします」と頼まれた。

——といっても、特別なにかをするってわけじゃなく、いつも通り庭掃除をしたり畑で土いじりをしたりするだけなんだけど。

あとは、庭にやってくる神獣様たちをおもてなししたり、かな？

あ、そういえば帰り際にリノアちゃんから「できればいちご大福もお願いします」ってモジモジしながら頼まれたっけ。

ちょっと可愛かった。

しっかり彼女もおもてなししなきゃね。

というわけで、ようやく戻った僕の日常。

今日はアヒルちゃんたちと、山水の水路を確認してまわる予定だ。

台風が過ぎ去ってから一度も水路のチェックができていなかったからね。

お昼ご飯を食べてからモチたちと一緒に山に入って集水桝のチェックをして、水源の落ち葉掃除をした。もう何回もやっているから手慣れたもんだ。

ついでに沢で釣りもすることに。

前回は全く釣れなかったから、今日こそは名誉挽回《めいよばんかい》しよう——なんて、意気込んではみたものの、30分経って釣れた魚はゼロ。

ぐぬぬ。このままじゃ、またアヒルちゃんたちに慰められちゃう。

「……おや、アキラ様ではありませんか」

ふいに声をかけられた。

僕の背後に立っていたのはアヒルちゃん……じゃなくて神獣様のシカさんだ。

「こんにちは」

「ごきげんよう。釣りですか？」

「はい。水路を掃除してまわるついでに、ちょっと晩御飯の食材を調達しようかなと。今のところ、1匹も釣れてませんけど」

「ふふ、急く必要はありませんよ」

優しい口調でシカさんが続ける。

「何事も流れというものがありますからね。気を急かさずのんびりと構えていればきっと良い結果に繋がりますよ。何事も続けることが肝要です」

諭すような口調のシカさん。

なんだかありがたい雰囲気がビシバシする。

実に神様らしいアドバイスだ。

そもそも釣りって、のんびりするもんだしな——なんて思ってたらヒュッと季節外れの涼しい風が山の中に吹き抜けていった。

「良い風が吹きましたね。北北東の風……絶好の風向きですよ」

「……え？　風向き？」

ふと顔をあげると、シカさんはいなくなっていた。

あれ？　いつの間に？

キョロキョロと周囲を見渡しても、どこにもシカさんの姿はない。

こちらにやってきたモチが「どした？」と不思議そうに首を捻ってるだけ。

ううむ。

庭の外で神獣様とばったり会うのは初めてだけど、いかにも神様らしい去り方をするんだなぁ。

「……お？」

なんて思ってると、釣り竿に反応があった。

慌てて糸を引く。

見事、大きなイワナが釣れた。

「おおっ⁉　釣れたぞ⁉　わはは！　どうだモチ⁉」

「くわっ⁉　バカナ⁉」

ふっふっふ。

びっくりするモチにドヤ顔する僕。

……てか、「馬鹿な」ってなんだよ⁉

僕だってやるときはやるんだからな！

それからというもの、今までの結果がウソのように魚が釣れまくった。

夕方くらいまで糸を垂らし続け、カゴいっぱいのイワナをゲット。

流石にここまできたら、僕ひとりの力で釣ったぜ――なんて言えない。

きっとシカさんがなにかやってくれたんだろうな。

ほら、魚が釣れるようになる魔法みたいなやつでさ。

これは神獣様たちにおすそわけしなきゃ。

＊＊＊

自宅に戻って釣ったイワナをさばこうとしたとき、家の呼び鈴が鳴った。

「どっじゃ～ん」

「……」

玄関を開けた瞬間、妙な効果音を発しながら神崎さんが姿を現す。

沈黙。

ええっと、これはどんな反応をすれば正解なのかな？

いつもの宇宙服っぽい防護服のせいで神崎さんがどんな顔をしているのかわからないし。なんともシュールな感じになっちゃってますよ？

「お、お久しぶりです神崎さん」

「アキラさん、ノリが悪いッスよ」

「どんなノリをすれば良いのかわからんのです」

というか、そういうの一番苦手だし。

陰キャが最も不得意とするアドリブを求めないで欲しい。

「というか、どうしたんですか？」

「や、この前せっかくウチに来てくれたのに、寝起きで塩対応しちゃったじゃないスか？」

「この前？　……あ、台風のとき？」

「そう！　だからその仕返しをしに来たっていうか」

仕返し？

お詫びじゃなく？

「どじゃ～ん！　見てください！　30年ものの赤ワインッス～！」

「……おお⁉」

これまたちょっと反応に困ったけど、30年ものってことは結構お高いお酒なんじゃありませんか？

「これメチャクチャ美味いんで、一緒に飲みましょう」

「良いですね。丁度、沢で魚を釣ってきたところなんです」

「お、魚を肴に⁉」

「あはは、うまいですね」

30年ものの美味しいワインなだけに。

神埼さんの声を聞きつけ、モチたちがドタドタとやってくる。

「わっわっ！」

「ぐ～！」

「くわっ、くわっ」

「お、モチちゃん！　テケテケちゃんにポテちゃんも！」

「ぐわ～っ」

ごろんと寝っ転がり、ナデナデのおねだりモードに突入するアヒルちゃんズ。

「あはは、今日も可愛いッスねぇ！　うりうりうり」

「ぐわっ！　わっわっ！」

気持ちよさそうに翼をバタつかせる。

そんな光景を、羨望《せんぼう》の眼差しで見つめる僕。

僕には絶対こんなことおねだりしないのに……く、くやしいっ！

リビングに行くと、庭に沢山の神獣様たちの姿があることに気づく。

「ちょ、なんスかこれ⁉　前より増えてないスか⁉」

その光景を見て、驚嘆の声を漏らす神埼さん。

しばし思案し、ハッとなにかに気づく。

「……え、もしかしてアキラさん、神様をペットにしてるんスか⁉　すげぇ！」

「違います」

速攻で否定。

罰当たりなことを言わないでください。

僕たちは対等な立場っていうか、むしろ彼らはお客様っていうか。

食べものをあげたり、ナデナデしたりはしてるけど。

……ん？　それって、ペットみたいなもの？

「と、とにかく、ワインを飲みましょう」

「おけ丸水産ッス！」

いつものように庭を一望できる縁側に神埼さんやモチたちと並び、イワナの刺身と30年ものの赤ワインをいただくことに。

アヒルちゃんたちはお酒はダメなので、ミルクを用意。

「それでは……乾杯」

「乾杯ッス！」

「ぐわ～っ」

手はじめに、クイッとひと口。

ワインには詳しくないけど、すごく酸味が効いていて濃厚なぶどうの味わいが鼻の奥から通り抜けていく。

こ、これは……めちゃくちゃ美味い。

「……っかぁ～～！　やっぱり良いお酒は美味いっ！　体に染みるうっ！」

神埼さんが、おじさんみたいな口調で唸る。

ていうか、僕がひと口飲む間にグラスを開けちゃってるし。

この人ってば、本当にお酒が好きなんだなぁ……。

「しかし、マジにここって良い場所ッスよね。蓄積された疲れが癒やされるっていうか、のんびりできるっていうか！」

「そ、そうですかねぇ？」

あはは、と曖昧な返答をする。

それも神域の効果のおかげ……なのかな？

神気の力って神獣様たちにしか効果がなかったような気がするけど、リラックスできるっていうのは頷ける。

だってほら、僕もここに来て、だいぶ癒やされてるわけだし。

しかし、とワインを片手に、庭をぼんやり眺めながら思う。

気持ちよさそうに日向ぼっこをしている神獣様と、僕のそばでイワナの刺し身を食べているアヒルちゃんたち。

それに、ほろ酔いになっている、少し遠い隣人の神崎さん。

少し前の生活からは想像できない、なんとも平和でのんびりとした日常。

「……山暮らし生活って、本当に最高だなぁ」

つい、そんな言葉が口から漏れ出す。

亡くなったおじいちゃん、色々と助けてくれた勘吉さん。

それとアヒルちゃんや神獣様たちに感謝をしつつ、しみじみとこの幸せを噛み締めるのだった。

あとがき

キミって鳥顔《とりがお》だねと言われました。

顔の特徴には「しょうゆ顔」とか「犬顔」とかいろいろありますが、その中に「鳥顔」なるものがあるそうです。

鳥顔は男らしい性格の人が多く、サッカーでいえばストライカータイプなんだとか……。

さらに、顔立ちも男性的でカッコいい人が多いんですって！

あら～っ！　あらららら～っ！

そんな、良いんですかね!?

だけど、鋭い僕はそこでピンときました。

先日、知り合いの家にお邪魔したのですが、初めて会った猫ちゃんにモテモテだったんです。

お尻の穴をこれでもかと向けられたり、「お前、暇なら我を撫でぬか」とすり寄られたり。

すべて合点がいきました。

モテモテだったのは、この鳥顔が原因だったようですね。

ま、その猫ちゃん、オスのおっさん猫なんですけど！

どうもこんにちは。あとがき作家の邑上です。

アヒルちゃんとの山暮らしスローライフ、いかがでしたでしょうか？

作者らしく、ここから張り切って作品の魅力を語ろう——と思ったんですが、鳥顔のせいであとがきの残り文字数が無くなってしまったので仕方なく諦めようと思います。

苦渋の決断です。

あ～、作品の魅力、語りたかったなぁ！

というわけで、謝辞を。

編集者M様、いつも変なあとがきですみません。鳥顔の話を振られたとき、「今回のあとがきはこれだわ」とひらめいちゃったんです。僕は悪くありません。

イラストを担当いただいたtoi8先生、のんびり山暮らし感満載の素敵なイラストをありがとうございます。特にアヒルちゃんの破壊力たるや、メガトン級でした。

そして、本書の制作に関わっていただいた皆様と、本書を手に取って下さった読者の皆様に心からの感謝を！

邑上主水《むらかみもんど》

この度、神獣つき山暮らしはじめました。
～脱サラして移住した山は、神獣たちの住まう神域でした!?～

2024年10月25日　初版第1刷発行

著　者　邑上主水

発行人　菊地修一

発行所　スターツ出版株式会社

〒104-0031　東京都中央区京橋1-3-1　八重洲口大栄ビル7F
TEL　03-6202-0386（出版マーケティンググループ）
TEL　050-5538-5679（書店様向けご注文専用ダイヤル）
URL　https://starts-pub.jp/

印刷所　大日本印刷株式会社

ISBN　978-4-8137-9376-2　C0093　Printed in Japan

［邑上主水先生へのファンレター宛先］
〒104-0031　東京都中央区京橋1-3-1　八重洲口大栄ビル7F
スターツ出版（株）　書籍編集部気付　邑上主水先生

ともに新たな世界へ

毎月第4金曜日発売

好評発売中!!

著・マライヤ・ムー 今井三太郎 蒼乃白兎　　イラスト・福きつね

定価:1320円（本体1200円+税10%）　ISBN 978-4-8137-9147-8